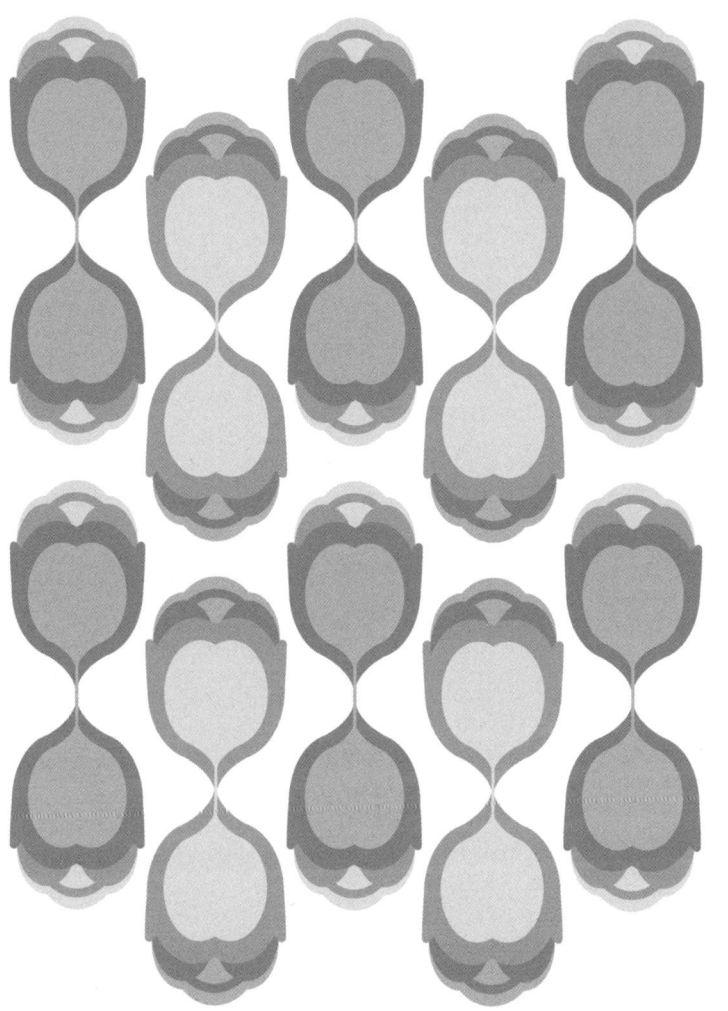

Entanglement 02

가능하면 낯선 방향으로

김이설 이주혜 정선임

차례

이주혜	할리와 로사	007
정선임	해변의 오리배	053
김이설	최선의 합주	099
얽힘 코멘터리		143
기획의 말		201

Entanglement

할리와 로사

이주혜

한옥마을은 태조로 입구에서 시작되었다. 풍남문을 등지고 서면 오른쪽에 전동성당이 왼쪽에 경기전이 보이는 길이었다. 태조로를 끝까지 걸어가면 오목대가 나왔는데, 경기전이 태조 이성계의 어진을 둔 곳이고 오목대가 고려 말 황산대첩에서 왜구를 크게 이기고 돌아온 이성계가 자신의 고조부 이안사가 살았던 마을에서 승전 기념 연회를 베푼 곳임을 생각하면 현재 한옥마을을 동서로 가로지르는 이 큰길 이름이 왜 태조로인지 알 수 있었다.

　할리와 로사는 개업 후 처음으로 이틀 연속 가게 문을 닫고 1박 2일 여행을 왔다. 로사가 먼저 운을 떼고 일정까지 도맡아 짠 여행이었다. 미안해진 할리는 여행 비용을 조금이라도 더 내겠다고 했지만, 자진해서 총무 역할까지 맡은 로사가 이번 여행은 무조건 반씩 부담하는 게 원칙이라고 고집했고, 그래야 앞으로 오래오래 함께 여행을 다닐 수 있다고 덧붙였다. 전주로 가는 기차 안에서 KTX 홍보 잡지를 훌훌 넘겨보는 로사의 옆얼굴과 가지런한 가르마를 바라보며 할리는 과연 두 사람이 앞으로도 오래오래 함께 여행을 다닐 수 있을까 생각했다. 할리는 서울 서남부 지역에서 개업 오 년 차 1인 미용실인 '할리헤어숍'을 운영해서 할리였고, 로사는 할리헤어숍 맞은편에 '로사네일살롱'을 개업한 지 삼 년째라서 로사였다. 두 사람은 서로의 본명을 몰랐다. 들은 적이 있는지는 몰라도 기억하지 못했다. 두 사람보다 나이가 훌쩍 많은 동네 상점가의 다른 사장들도 그냥 할리! 아니면 로사야! 하고 불렀기에 할리도 로사도 서로를 로사와 할리라고 부르기 시작했던 게 입에 붙어버렸다. 할리는 언젠가는 로사에게 본명을 물어봐야 하지 않을까 가끔 생각했지만, 늘 적절한 때를 놓치곤 했다. 그래도 할리와 로사는 서로 동갑이라는 사실은 알고 있었다. 할리의 미용실에서 함께 늦은 점심을 먹다가 배경음으로 틀어놓은 티브이에서 IMF 시절 이야기가 나왔는데, 자연스럽게 1997년에 각자 뭘 했는지 말하다가 둘은 똑같이 초등학교 5학년이라는 사춘기 초입의 어설프고 구질구질한 상태를 통과하고 있었음을 알게 되었다.

한옥마을에 들어서자마자 점심을 먹을 식당부터 찾았다. 로사는 미리 봐둔 식당이 있다면서 전동성당과 성심여중고 블록을 지나자마자 오른쪽으로 꺾어 들어갔다. 그 유명한 베테랑칼국수에 가려는 건가, 싶었는데 로사는 사람들이 벌써 길게 줄을 서 있는 베테랑칼국수를 그대로 지나쳐 다음 블록에서 좁은 골목길로 들어갔다. 로사는 마치 이 동네 지리에 익숙한 사람처럼 구불구불한 골목길을 활달한 걸음걸이로 지나갔다.

여기야.

로사가 걸음을 멈추고 턱끝으로 가리킨 곳에 '영영분식'이라고 쓴 작은 나무 간판이 할리의 키 높이보다 낮은 곳에 비뚜름하게 붙어 있었다. 방심하면 못 보고 지나칠 만큼 식당은 영업장이라기보다 그냥 까마득한 옛날부터 그 자리를 지키고 있었을 법한 가정집의

모습을 하고 있었다. 할리가 초등학교에 다닐 때 동네에서 흔히 볼 수 있던 주택들처럼 초록색 철 대문에는 입 벌린 사자 머리 모양 문고리가 달려 있었고, 대문 앞부터 좁고 길쭉한 마당 가장자리까지 온갖 크기의 화분이 늘어서 있었다. 화분은 둥근 것, 네모난 것, 가로로 길쭉한 것 등 모양이 다양했고 거기 자라는 식물도 각양각색이었다. 봉숭아, 맨드라미처럼 익숙한 꽃부터 어떤 꽃을 피웠는지 모르게 지금은 잎만 남은 관목도 있었고 고추와 방울토마토, 가지 같은 채소 화분도 있었다. 집 안쪽에서 오래 끓인 국물 냄새가 풍겼다. 음식 냄새를 맡자 할리는 급격하게 허기를 느꼈다. 내부에는 입식과 좌식까지 합해 테이블이 전부 다섯 개밖에 없었는데, 정오가 아직 안 된 시간에 벌써 모든 테이블이 차 있었다. 안이 훤히 보이는 주방에서 정신없이 음식을 만들던 중년 여성이 할리와 로사를 보고 테이블 쪽을 흘낏 보더니 말했다.

어쩐대? 좀 기다려야 쓰겠는데?

로사가 기다릴게요! 씩씩하게 대답하고 먼저 대기자용 벤치에 앉았다. 할리는 얼떨떨한 기분으로 로사

옆에 앉아 가게 안을 천천히 둘러보았다. 사장님 혼자 조리도 하고 서빙도 하는 모양이었다. 흰 종이에 검은 글씨로 인쇄한 단출한 메뉴판이 벽에 붙어 있었는데, 종류가 딱 네 개였다. 김밥. 수제비. 비빔밥. 라면. 무슨 김밥이라거나 무슨 라면 같은 수식어도 없었다.

메뉴에 박력이 넘치지 않냐?

옆에서 로사가 수군거렸다. 사적인 질문에 영 소질이 없는 할리였지만, 이번에는 물어볼 수밖에 없었다.

여기 와본 적 있어?

응.

언제?

옛날에.

더는 묻지 말라는 신호일 것이다. 민망해진 할리는 아무 말이나 떠오르는 대로 내뱉었다.

여기 뭐가 맛있어?

다 맛있어!

이십 분쯤 기다렸을 때 주방 바로 앞에 자리가 났다. 로사는 신난 아이처럼 자리를 찾아 앉으며 주방에 대고 외쳤다.

사장님! 메뉴판 처음부터 끝까지 다 주세요!

그러곤 할리를 향해 속삭였다.

꼭 해보고 싶었어.

메뉴가 네 개뿐이라서 다행이다.

잠시 후 사장님이 커다란 쟁반 가득 음식을 담아 가져왔다. 수제비에서 좀 전에 마당에서 맡았던 오래 끓인 국물 냄새가 풍겼다. 채소 나물이 가득 담긴 비빔밥에서는 고소한 참기름 냄새가 진동했다. 로사가 수저와 앞접시를 할리 앞에 놓아주고 수제비 그릇에 담겨 있던 작은 국자의 손잡이를 할리 쪽으로 틀어준 다음 수저통에서 숟가락 하나를 새로 꺼내 비빔밥을 비비기 시작했다. 평소 일할 때는 가위를 든 할리의 손이 남의 손톱을 다듬는 로사의 손보다 훨씬 빨랐지만, 어쩌다 같이 밥을 먹을 때면 로사의 손이 재빠르게 할리를 챙겼다. 할리는 챙김을 받는다는 아늑한 마음과 남에게 신세를 진다는 미안한 마음을 동시에 느끼며 국자를 들어 수제비를 떴다.

김밥부터 먹어봐. 깜짝 놀랄 거다.

로사가 비빔밥을 비비며 동시에 턱끝으로 김밥을

가리켰다. 할리는 로사가 시키는 대로 김밥 하나를 집어 입에 넣었다. 익숙한 묵은지 맛이 진하게 느껴졌다. 할리가 다소 과장되게 눈을 치켜뜨자, 로사가 의기양양하게 말했다.

죽이지?

죽이네.

묵은지 한 장이 통째로 들어갔어. 서울 인심으론 이런 김밥 꿈도 못 꾼다.

못 꾸지.

로사는 다 비빈 비빔밥을 할리 쪽으로 살짝 밀어주고 그제야 젓가락을 들어 김밥부터 집어 먹었다.

이거지! 이 김밥 먹을 때마다 전주부심 솟는다? 나 전생에 고향이 전주였나봐.

할리는 어쩐지 뜨끔한 심정으로 로사를 똑바로 보지 못하고 수제비 국물만 연달아 떠먹었다. 로사는 김밥 한 조각을 삼키자마자 주방 쪽에 대고 외쳤다.

사장님! 김밥 한 줄 더 싸주세요.

사장님이 이쪽을 보고 살포시 웃으며 고개를 끄덕였다. 할리는 영영분식의 사장님이 그렇게 많이 시켜

서 다 먹을 수나 있겠느냐고 물어보지 않아서 좋았다. 로사와 둘이 식당에 가서 양껏 시켰다가 다 먹을 수 있겠느냐는 쓸데없는 질문이나 무슨 아가씨들이 이렇게 많이 먹느냐, 그래서 애인이 생기겠느냐는 무례한 말까지 들으면 당장 입맛이 달아났고, 보란 듯이 꾸역꾸역 먹다가 체한 일도 많았다. 남이 함부로 던진 말에 대한 면역력이 떨어지는 할리는 언제부턴가 식당에 직접 가기보다 미용실 문을 닫아놓고 배달을 시키는 편을 선호했다. 로사의 네일살롱은 로사와 손님 한 명이 앉으면 꽉 차는 크기라서 주로 식사는 할리의 가게에서 했다. 힐리의 미용실은 예약제로 운영하는 1인 숍이었지만, 미용 의자만 둘이고 기다리면서 티브이를 볼 수 있는 소파 세트가 따로 있을 정도로 공간에 여유가 있었다. 예약 손님이 없는 시간이면 할리는 미용실 문을 걸어 잠그고 밖에서 안이 보이지 않게 블라인드도 내린 채 소파에 누워 티브이를 보았다. 누구라도 지나가면서 아무 생각 없이 가게 문을 벌컥 열고 들어오는 일을 할리는 더 이상 견딜 수가 없었다. 로사도 할리의 가게에 들어오려면 미리 문자

메시지로 알려야 했다. 미용업계에서 일한 지도 이십 년 가까이 되어가고 개업한 지는 오 년이나 지났지만, 할리는 아직도 낯선 사람이 무서웠다. 예고 없이 들이닥치는 사람이 선한 고객일지 흉악한 범죄자일지 구별할 방법이 없는 한 모든 이가 잠재적으로 공포의 대상이었다. 그런 할리에 비해 로사는 겁이 없는 사람처럼 보였다. 선의가 언제나 선의로 보답받는다고 굳게 믿는 사람처럼 아무한테나 방글방글 웃으며 말을 걸었고 늘 싹싹한 태도로 주변 사람들을 대했다. 로사의 성격이 그렇지 않았다면 할리는 지금처럼 로사와 친구가 되어 함께 여행을 떠나기는커녕 바로 맞은편 가게에 개업한 네일살롱 주인이 어떤 사람인지 관심조차 두지 않았을 것이다.

이거 뭐야?

로사가 물어보면서 동시에 할리의 앞접시에 수제비를 한 국자 퍼주었다. 이게 도대체 뭔데 이렇게 맛이 있어? 너도 한 번 먹어봐,라는 말이었다. 할리는 로사가 퍼준 수제비에 들어 있는 초록색 채소 덩어리를 입에 넣고 씹었다. 색깔이나 모양은 누가 봐도 애호박이었는데 맛은 밤처럼 달고 식감은 감자처럼 포근했다.

맛있지?

로사가 재차 물었다. 할리는 고개를 끄덕이며 수제비를 한 입 더 떠먹었다.

맛있지?

이번에 물어본 사람은 영영분식 사장님이었다. 옆 테이블을 정리하러 온 사장님이 쟁반에 빈 그릇을 차곡차곡 담으면서 말을 걸었다.

이거 뭐예요?

로사가 묻자 사장님이 기다렸다는 듯 이야기를 시작했다.

조선호박이잖아. 애호박처럼 길쭉한 거 말고 둥글둥글한 거. 마당 한쪽에 호박을 심었는데, 올여름이 좀 더웠어? 호박이 잔뜩 열려서 여름 내내 실컷 먹었잖아. 근데 이놈 하나가 담벼락 밑에 숨어서 자란 걸 내가 몰랐던 거라. 여름 다 가고 호박잎을 정리하다 이놈을 딱 발견했는데, 세상에나 칼로 딱 잘라보니 속이 어찌나 꽉 찼는지, 씨 부분이 하나도 없지 뭐야?

호박 속에 씨가 하나도 없었다고요?

로사가 평소 성격대로 열심히 사장님 말에 맞장구를 쳤다.

그랬다니까? 참말로 신통방통한 일이지 뭐야? 이놈이 사람 눈에 안 띄고 혼자 쑥쑥 자라느라 끝까지 속을 채웠나보다 생각하니 어쩐지 대견하더라고. 오늘 수제비에 넣어봤는데 손님마다 전부 뭐가 이렇게 맛나냐고 묻네?

맞은편 테이블에서 조용히 식사하던 중년 여자 둘이 고개를 들고 이쪽을 쳐다보더니 어쩐지 맛있더라니, 진짜 달더라, 하고 자기들끼리 수군거렸다. 사장님이 빈 그릇을 전부 담은 쟁반을 들고 끙 소리와 함께 의자에서 몸을 일으켰다. 로사가 국자로 수제비 그릇을 휘저으며 호박을 찾더니 전부 할리의 앞접시에 놓아주었다.

신통방통한 호박 많이 먹어. 오늘 아니면 영영 못 먹잖아.

할리는 호박 몇 조각을 로사 그릇에 옮기려다가, 다시 제 그릇으로 올 게 빤해서 그냥 먹었다. 호박은 밤처럼 달고 감자처럼 포근한 게 신통방통하긴 했다. 호박과 수제비를 한입에 넣고 오물오물 씹으며 할리는 가을까지 혼자 숨어 속을 채웠을 호박의 마음을 생각했다. 쓸쓸했을까? 호젓했을까? 그냥 바빴을까? 물론 호박에게 마음이라는 게 있다면 말이지만.

∘ ∘ ∘

할리는 남의 집 텃밭에서 호박을 훔쳐본 적이 있다. 정확히는 아직 호박으로 여물기 전 달걀보다 훨씬 작은 열매가 맺힌 호박꽃을 따서 도망쳤다. 주머니 안에서 뭉개진 그 꽃과 열매를 보여주자 엄마는 다 자란 호박을 훔치든지, 하다못해 호박잎이라도 훔칠 것이지 먹지도 못할 걸 왜 훔쳤느냐고 타박했다. 훔친 행위 자체를 지적하지는 않아서 어린 할리는 좀 어리둥절했다.

∘ ∘ ∘

태조로 돌아와 오목대 방향으로 조금 걷다가 은

행로와 교차하는 사거리에 닿았다. 은행로는 동서 방향으로 뻗은 태조로와 남북 방향으로 교차하는 길로, 거기에 육백 년 된 은행나무가 있어서 은행로였다. 로사가 먼저 사거리에서 왼쪽으로 꺾어 은행나무 쪽으로 향했다. 로사는 한옥마을 지리를 훤히 꿰고 있는 것 같았다. 은행로를 조금 걸어 올라가니 곧바로 우람한 은행나무가 보였다. 보호수로 지정된 나무답게 목제 울타리도 둘러쳐져 있고 길 이름의 내력을 새긴 비석도 있었다. 로사와 할리는 비석 앞에 서서 글을 읽다가, 까마득히 높은 나무를 올려다보다가 했다. 10월 중반이었지만 여름이 늦도록 물러가지 않아서 은행잎도 아직 노랗게 물들지 않았다. 영영분식의 호박처럼 은행나무도 기묘한 계절을 지나느라 어리둥절한 상태가 아닐까, 할리는 생각했다. 은행나무 줄기는 둘레가 꽤 컸지만, 속이 인공 물질로 채워져 있고 수피도 절반 가까이 사라지고 없었다. 말 그대로 빈 껍질뿐이었는데, 여전히 가지가 위로 뻗어 있고 잎도 무성하다는 사실이 신기했다.

신기하지?

같은 생각을 하고 있었는지 로사가 불쑥 물었다.

신기해.

근데 나무는 물이랑 영양분을 끌어올리는 관이 저 나무껍질 바로 아래에 있어서 한가운데가 텅 비어도 살 수 있대.

할리는 화들짝 놀란 표정으로 로사를 보았다.

그래서 오래된 나무는 저렇게 빈 속을 인공 물질로 채워주고 무너지지만 않게 잘 관리하면 살아갈 수 있는 거래.

진짜 신기하다. 그런 걸 어떻게 알았어?

홋카이도 숲속에 트래킹을 간 적이 있는데, 그때 가이드가 알려줬어.

할리는 고개가 뒤로 꺾이도록 은행나무를 올려다보며 말하는 로사의 옆얼굴을 보았다. 홋카이도에는 누구랑 언제 갔느냐고 물어보면 로사는 아까처럼 그냥 옛날이라고 대충 얼버무릴 것이다. 할리가 로사와 알고 지낸 지가 삼 년, 함께 밥을 먹은 지는 이 년이 되었는데, 둘은 서로의 사생활에 대해 아는 게 거의 없었다.

죽은 것만 같은 저 딱딱한 나무껍질에 생명줄이 지나간다고 생각하면 놀랍다니까?

로사가 그렇게 말하고 손을 뻗어 수피를 만져보았다. 로사는 조금 더 앞으로 나가 나무줄기에 양손을 대고 살짝 안는 자세를 취했다. 로사가 눈을 감는 걸 보고 할리는 주머니에서 핸드폰을 꺼내 로사의 사진을 몇 장 찍었다. 셔터음이 들렸을 테지만 로사는 자세를 바꾸지도 눈을 뜨지도 않았다.

은행로에서 태조로로 돌아가 사거리 카페에서 대형 사이즈 아이스커피를 한 잔씩 샀다. 아직 완연한 가을 날씨가 아니라서 조금 빨리 걸으면 이마에 땀이 솟았다. 두 사람은 시원한 커피를 마시면서 오목대로 가는 경사로를 올라갔다. 오목대 자체는 볼 게 별로 없지만, 언덕에 올라가면 한옥마을 기와지붕이 파도처럼 펼쳐진 풍경을 내려다볼 수 있다고 로사가 여행 가이드처럼 말했다. 할리가 경사로를 올라가며 눈에 띄게 숨을 헐떡이는 걸 보고 변명처럼 덧붙인 말이었다. 할리는 로사가 신경 쓸까봐 숨소리를 크게 내지 않으려고 조심했고, 거의 얼음만 남은 아이스커피를 자주 빨아들였다. 천천히 걸었다고 생각했는데 오목대에 도착했을 때 할리는 등까지 땀으로 흠뻑 젖어 있었다. 로사는 한옥마을이 가장 잘 내려다보인다는 장소에 도착하자마자 핸드폰을 꺼내 기와지붕 사진을 찍기 시작했다. 할리는 일단 벤치에 앉아 숨을 돌렸다. 고작 여기까지 올라오는데 무슨 등산이라도 한 사람처럼 얼굴이 벌겋게 달아오르고 땀이 흐르고 심장이 뛰고 호흡이 가빠지는 게 부끄러웠지만, 그런 할리에게 로사가 이게 다 평소 운동부족 탓이라고 타박하지 않아서 좋았다. 사람들은 할리의 건강을 걱정하는 척하면서 할리의 몸 상태를 멋대로 판단하고 무례하게 할리의 생활 자체를 지적하곤 했다. 한숨 돌린 할리는 핸드폰을 꺼내 사진을 찍는 로사의 뒷모습을 찍었다. 셔터음이 들리자 이번에는 로사가 뒤를 돌아보았다.

이리 와서 직접 봐.

로사가 손짓했다. 할리는 일어나 로사 곁으로 갔다. 눈 아래에 검은 기와지붕의 물결이 펼쳐졌다. 기와는 주로 검고 가끔 잿빛이었다. 아마 검은 기와는 올린

지 얼마 안 된 것일 테고 잿빛은 오래된 것이리라. 그 채도의 차이가 풍경을 수묵화로 만들어주었다.

기와의 파도 같아.

할리가 말하자 로사가 대꾸했다.

기와의 구름 같아.

기억도 파도 같고 구름 같은 거라고 할리는 혼자 생각했다. 할리 옆에 서 있던 로사가 고개를 돌리지 않고 말했다.

보고 싶은 풍경 보니까 좋아?

무슨 말인가 싶어 할리는 로사 쪽을 돌아보았다. 로사가 할리를 마주 보고 평소의 해맑은 표정으로 말했다.

한옥마을 기와지붕 보고 싶어 했잖아.

내가?

응, 네가.

언제?

할리는 자기도 모르게 심장이 쿵 내려앉았다. 로사는 무엇을 어디까지 알고 있는 걸까?

지난번 할리 가게에서 둘이 김치찜 시켜 먹었던 날.

「여섯 시 내 고향」에 한옥마을 나오니까 할리가 밥 먹다 말고 한참을 쳐다봤잖아. 저기 가고 싶다, 하면서.

내가 그렇게 말했다고?

꼭 말해야 아나?

그러면서 로사는 팔꿈치로 할리의 옆구리를 살짝 찔렀다. 그새 땀이 식었는지 등줄기에 서늘하게 한기가 끼쳐왔다.

○ ○ ○

이름은 '오동나무 언덕'이었지만, 그 언덕에 오동나무는 없고 아까시나무만 잔뜩 자라고 있었다. 동네 사람들은 그 언덕에 올라 운동도 하고 놀이도 하고 나쁜 짓도 했다. 공터에서 숲으로 조금만 들어가도 지린내가 풍겼고 쓰레기가 나뒹굴었다. 그래도 할리는 그 언덕에 자주 올랐다. 놀이터가 따로 없는 동네라 언덕만큼 놀기 좋은 곳도 없었다. 할리는 옆집 수정 언니랑 언덕에 올라 아까시나무 잎줄기를 끊어서 가위바위보로 이파리 하나씩 따기 놀이도 하고, 이파리를 다

떼어버린 가느다란 줄기로 머리를 칭칭 묶었다 푸는 파마 놀이도 했다. 수정 언니의 머리카락은 가늘어서 아까시 파마가 잘 나왔다.

  낮이 길어도 너무 긴 한여름에 할리는 혼자 언덕에 올랐다. 수정 언니가 피아노 학원에 다니기 시작하면서 함께 놀 시간이 줄었다. 피아노 학원에 보내달라고 조르는 할리에게 엄마는 먹고 죽을래도 돈이 없다고 대꾸했다. 할리는 사람이 돈을 먹으면 죽나, 이런 생각을 하면서 피아노 가방을 들고 집을 나서는 수정 언니의 뒷모습을 물끄러미 바라보곤 했다. 혼자 남은 할리는 더디게 가는 시간을 주체할 수 없어서 천천히 경사로를 걸어 언덕 위로 올라갔다. 그날은 공터의 공기가 달랐다. 낯선 소리와 낯선 냄새가 팽팽했다. 남자 둘이 야구 방망이를 휘두르고 있었다. 두 사람은 서로 방망이가 부딪치지 않게 박자를 맞춰 번갈아서 자루를 두드리고 있었다. 자루 안에는 뭔가 둥글고 물컹한 것이 들어 있는 것 같았고 안에서 새된 비명이 새어나왔다. 남자들은 즐거워 보였다. 할리는 처음 보는 그 행위에 어떤 불길함이 배어나옴을 직감했다. 자루 안에 든 것이 뭘까? 저토록 끔찍하고 애처롭게 울부짖는 저것은? 미색 자루 곳곳에 빨간 얼룩이 생겨났다. 할리는 시끄럽게 꿈틀대는 자루와 웃음을 참지 못하는 남자들의 반복적인 움직임을 지켜보았다. 어쩐지 다리를 움직일 수가 없었다. 어느 순간 남자 하나가 할리를 보았다. 그는 방망이질을 멈추었다. 그러자 다른 남자도 방망이질을 멈추고 할리를 쳐다보았다. 할리는 몸을 돌려 언덕 아래로 내달렸다.

집에 돌아와보니 엄마가 마루에서 밥상을 들고 수돗가로 내려서고 있었다. 할리의 집은 낡아빠진 한옥이라 입식 부엌이 없었고, 여름이면 마루에서 곧바로 수돗가로 내려가 설거지를 했다. 할리가 집에 들어서자 엄마는 나쁜 짓을 하다 들킨 사람처럼 놀랐다. 안방에서 아빠가 선풍기 바람을 쐬며 이쑤시개로 이를 쑤시고 있었다. 점심시간은 한참 지났고 저녁 시간은 아직 먼 오후였는데, 엄마와 아빠는 함께 무엇을 먹었을까? 할리가 조금 전 언덕에서 본 기이한 풍경을 이야기하려고 엄마 옆에 쭈그리고 앉았다. 시멘트를 대충 발라 만든 하수구 구멍에 검은 깃털 몇 올이 늘어

붙어 있었다. 이틀 전 외갓집에서 산 채로 보내준 오골계가 보이지 않았다. 할리는 검푸르게 번들거리는 깃털을 노려보았다. 엄마가 설거지를 시작하며 콧소리로 나직하게 유행가를 흥얼거렸다. 하수구에서 낯선 비린내가 끼쳐왔다. 할리는 와락 토했다. 토사물에 점심으로 먹은 붉은 국물이 불길하게 도드라졌다.

아휴, 더러워!

엄마가 외마디 소리를 지르며 옆으로 비켜났다. 할리는 어쩐지 언덕 위의 두 남자보다 엄마를 더 용서할 수 없는 기분이었다.

○ ○ ○

오목대를 내려와 한옥마을과 그 반대편으로 갈라지는 길에 서서 로사가 말했다.

할리야, 내 말 잘 들어봐? 우리에겐 선택지가 두 개 있어. 하나는 다시 한옥마을로 돌아가 한지길을 훑어보고, 내처 경기전과 전동성당까지 보는 다소 빤한 관광 코스야. 또 하나는 한옥마을 반대쪽으로 가서 치명자산 천주교 성지를 보고 오는 아주 특별하고 거룩하며 기억에 남을 만한 코스고.

할리는 로사의 말솜씨에 웃음을 터뜨렸다.

웃을 일은 아니야. 아무래도 산이라 올라가기가 쉽지는 않거든. 괜찮겠어?

그 저질 체력으로 괜찮겠냐는 말일 것이다. 할리는 잠시 망설였다. 한옥마을 방향을 굽어보고 이내 몸을 돌려 치명자산 쪽을 올려다보았다. 가능하면 낯선 방향으로. 할리는 저절로 떠오른 그 말을 구호 삼아 따르기로 했다. 로사가 세심하게 짠 여행 일정에 흔쾌히 따라주고 싶은 마음도 있었다. 할리는 아무 말 없이 고개를 힘주어 끄덕였다.

치명자산은 할리에게도 낯선 이름이었다. 저 산 이름이 저랬던가? 할리는 그 근처로 떠났던 어린 시절 소풍을 떠올렸다. 가출을 해보자고 마음을 단단히 먹고 수정 언니와 남원 방향 국도를 무작정 걸었던 어느 날도 생각났다. 그때 할리에게 치명자산이라는 단어는 없었다. 할리가 다녔던 초등학교 교가에는 승암산의 정기 어쩌고 하는 대목이 있었다. 승암산은 뭐고 치명자산은 뭔지 궁금해 핸드폰으로 검색하고 싶었지만, 막상 산을 오르기 시작하면서부터는 핸드폰을 꺼내 볼 여유가 없었다. 생각보다 길은 가팔랐고, 가벼운 산책이라기보다는 본격 등산에 가까웠다. 할리는 신발도 몸도 마음도 산을 오를 준비가 되어 있지 않았다. 하지만 오후가 깊어져서 자칫하면 산속에서 해가 질지도 모르니 서둘러 가야 한다며 로사가 자꾸 미안한 표정을 지었다. 앞장서 걷는 로사의 걸음이 점점 빨라졌다. 할리는 로사가 너무 미안해하지 않게 자신도 힘든 내색을 보이지 말아야겠다고 생각했지만, 몸은 그런 마음과 다르게 움직였다. 금세 숨이 가빠지고 얼굴이 벌겋게 달아올랐다. 로사는 삼 분에 한 번씩 뒤를 돌아보며 할리를 걱정했다. 할리는 로사가 돌아볼 때마다 애써 미소를 지었지만, 시간이 지날수록 머릿속이 하얘지고 숨쉬기가 너무 힘들어서 미소를 챙길 여력도 사라져갔다. 한 시간이 넘었는데도 여전히 가파른 길이 계속되자 배 속 깊은 곳에서 짜증이 솟구치는 게 느껴졌다. 익숙한 짜증이었다. 참을성이 바닥날 때마다 자신을 포함해 모든 걸 망쳐버리고 싶은 자해와 가해가 뒤섞인 미숙한 마음.

  산 중턱쯤 올랐을까. '쉬어가는 곳'이라는 표지판과 벤치가 보였다. 로사는 벤치를 못 본 사람처럼 쉬어가는 곳을 그대로 지나쳐 올라갔지만, 할리는 자석에 이끌리듯 벤치에 앉았다. 로사가 도중에 뒤를 돌아보았을 때 할리는 곧 따라갈 테니 먼저 가라고 손짓했다. 그때만 해도 정말로 금방 일어나 로사 뒤를 따라갈 생각이었다. 의자에 앉으니 이마에서 목덜미에서 등에서 땀이 사정없이 흘러내렸다. 얼굴이 뜨겁게 달아오르다 못해 터질 것만 같았다. 숨을 쉴 때마다 오르내리는 가슴이 바윗덩이 같았다. 할리는 자신의 몸이 엄살을 피우는 것 같아 짜증이 났고, 아직 갈 길이 남았다는 사실에 울고 싶어졌다. 마실 물도 없었다. 한참을 그렇게 앉아 있었다. 주위가 서서히 어두워지는 게 느껴졌다. 날이 저물고 있었다. 땀이 식으며 또 한기가 끼쳐왔다. 평일이라 그런지 산속에는 아무도 없었다. 이곳이 순교지라는 사실이 새삼 무겁게 다가왔다. 왈칵 무섬증이 일었지만, 로사를 따라 산 정상까지 가는 일이 더 무섭게 느껴졌다. 할리는 비어져나오는 울음을 참으며 로사에게 전화를 걸었다. 로사가 전화를 받자마자 할리의 마음을 다 안다는 듯 한껏 어르는 말투로 말했다.

힘들지? 그래도 조금만 힘을 내보자. 다 왔어.

너는 다 갔어?

다 왔어. 금방이라니까?

금방은 무슨. 할리가 벤치에 앉아 있었던 시간은 삼십 분이 넘었다. 그 말은 적어도 삼십 분은 더 산길을 올라가야 한다는 뜻이었다. 산모기 몇 마리가 귓가에 앵앵거리며 할리의 팔과 종아리를 물어뜯었다. 따끔거리고 가려웠지만 모기를 쫓으려고 손을 내저을 기운도 없었다.

할리야.

전화기 저편에서 로사의 나직한 음성이 들렸다.

조금만 힘을 내봐. 내 가방에 초콜릿 있어.

모기를 쫓을 힘도 없었던 할리가 갑자기 온 힘을 쥐어짜 소리쳤다.

내가 애야? 초콜릿 준다고 하면 좋다고 뛰어갈 것 같아? 아까도 금방이라며? 조금만 가면 된다며? 너

왜 자꾸 사람을 유치하게 만들어? 왜 자꾸 거짓말을 해! 나 초콜릿 싫어한다고!

할리는 소리를 지르면서도 자신의 말이 전혀 앞뒤가 맞지 않는다고 느꼈다. 로사는 한참을 침묵하다가 말했다.

할리야.

뭐!

미안. 꼭 보여주고 싶은 사람이 있어서 그래.

할리는 전화를 끊고 어느새 줄줄 흘러내린 눈물과 콧물을 대충 소매로 훔치고 벤치에서 일어났다. 목적지에 가까워질수록 경사가 더 급해졌다. 말도 안 되는 짜증을 부린 게 점점 부끄러워졌다. 다시 숨이 턱턱 막혔지만 죽더라도 로사 옆에 가서 죽자는 마음으로 꾸역꾸역 산길을 올라갔다. '가능하면 낯선 방향으로'라는 구호는 이제 '반드시 로사 방향으로'로 바뀌었다.

마침내 머리 위를 드리웠던 나무 그늘이 사라지고 하늘이 열렸다. 산 위에 작은 성당이 있었다. 성당 건물 직전에 수돗가가 있었는데, 로사가 거기서 손수건을 빨고 있었다. 할리를 보자마자 로사가 할리의 손을 잡고 성당 바로 앞 벤치로 이끌었다.

누워, 일단 누워.

로사가 할리를 벤치에 눕히고 찬물 적신 수건을 할리의 얼굴에 덮어주었다.

일단 열부터 식히자.

할리는 로사가 시키는 대로 벤치에 누워 눈을 감았다. 얼굴이 시원하게 식는 동시에 등 밑으로 세계가 까무룩 가라앉는 기분이었다.

무릉도원이세요?

로사의 농담에 할리가 수건이 튀어오를 정도로 크게 웃었다.

예, 무릉도원이네요.

근데, 할리야. 나 미안한 일 하나 더 남았다?

할리가 화들짝 놀라 몸을 일으켰다.

여기 성당이 참 예쁘고 안에 마실 물도 있는데.

있는데?

다섯 시에 문을 닫아.

할리는 핸드폰을 꺼내 시간을 확인해보았다. 다섯 시 팔 분이었다.

야박한 사람들.

미안.

왜 네가 미안하냐고 하려다가 하나 마나 한 소리인 것 같아 할리는 다시 벤치에 누워 눈을 감았다. 머리 위쪽에 앉은 로사가 부스럭거리는 소리를 내더니 잠시 후 할리의 입에 딱딱한 뭔가를 쑥 넣어주었다. 초콜릿이었다. 할리는 몸을 일으켜 앉아 초콜릿을 마저 씹었다. 가빴던 숨이 점점 가라앉았다. 로사는 초콜릿을 들고만 있을 뿐 먹지 않았다. 너는 왜 안 먹느냐고 눈으로 묻자 로사가 딴청을 피우는 표정으로 조용히 말했다.

이제 딱 한 칸만 더 올라가면 돼.

치명자는 순교자의 옛 이름이라고 했다. 하늘에 목숨을 바친 사람. 원래 승암산이라 불렸지만 천주교 순교자들이 묻힌 후로 치명자산 혹은 루갈다산이라고 부른다고 했다. 1801년 신유박해 때 순교한 유항검과 그의 가족 여섯 명이 합장된 묘가 있었다. 순교 직후 아무렇게나 묻혀 있던 유해를 1914년 전동성당의

보두네 신부가 수습해 지금 자리로 옮겼다고 했다. 일곱 명의 합장묘는 산 위에 크고 둥글게 자리 잡고 있었다. 그 위쪽으로 커다란 예수상과 성모상도 보였다. 해가 저물어가는 산 위 무덤가에서 할리는 로사가 자신에게 꼭 보여주고 싶었던 게 무엇이었을까 생각했다. 로사가 천주교 신자였던가. 로사도 할리도 주말에 가게 문을 열고 월요일에 쉬었다. 동네 젊은 여성들이 주 고객층인 할리의 미용실도 로사의 네일살롱도 고객들이 머리를 하고 손톱을 새로 가꿀 시간을 낼 수 있는 주말에 문을 열어야 했다. 로사가 교회나 성당에 다니는 것 같지는 않았다. 모태 신앙일 수도 있겠지만 할리는 이번에도 로사에게 묻지 않았다. 로사는 둥근 무덤 둘레를 천천히 돌며 비석의 글을 읽고 뗏장의 상태를 살폈다. 손님의 손톱을 매만질 때 로사가 보여주는 한껏 집중하는 표정이 나왔다. 할리는 세 걸음쯤 떨어져 로사의 뒤를 따라갔다. 이번 여행은 유난히 로사의 뒷모습을 많이 보는구나, 생각하면서. 사진은 찍지 않았다. 남의 무덤 옆에서 사진을 찍는 일은 어쩐지 불경하게 느껴졌다. 로사가 회양목으로 둘러친 무덤 앞 안내판을 읽었다. 할리도 뒤에 한 발짝 떨어져서 로사가 읽는 것을 읽었다. 유항검의 어린 자식들이 순교를 면한 대신 멀리 유배를 떠났다는 기록이 쓰여 있었다.

유섬이 9세 경상도 거제도 유배
유일석 6세 전라도 흑산도 유배
유일문 3세 전라도 신지도 유배

어린애한테 무슨 유배야? 잔인해.
로사가 볼멘소리로 말했다. 할리는 '유섬이'라는 이름과 '9세'라는 숫자를 오래 바라보았다. 유섬이는 거제도에 관비로 갔다가 거제 부사의 배려로 어느 할머니의 수양딸로 들어갔는데, 열여섯 살에 중매인이 찾아오자 '시집을 가랴 하면 반드시 죽음으로 갚으리라' 하며 흙과 돌로 굳게 집을 짓고 들어가 바느질만 하며 살았다. 유섬이가 마을 사람들과 교류를 시작한 것은 마흔 살이 넘어서였다. 그때도 항상 몸에 칼을 지니고 살아 마을 사람들이 감히 더럽힐 마음을 갖지 못하고 '유 처녀'라 불렀다. 유섬이는 일흔한 살에 세상을 떠났고, 당시 거제 부사가 장례를 치러주고 비도 세웠다. 유섬이는 현재 거제도에 묻혀 있지만, 2014년 그의 무덤이 발견되었을 때 한 줌 흙의 모습으로 치명자산 합장묘에 더해졌다. 순교 후 이곳에 합장묘가 마련되기까지 백 년이 걸렸고, 유섬이의 흙이 합장묘에 도달하기까지 또 백 년이 걸렸다. 로사가 산 아래 어두워지는 전주 시내 평지를 내려다보며 이런 이야기를 나직하게 들려주었다. 유섬이 무덤의 흙 한 줌이 이곳으로 돌아왔다는 이야기를 끝으로 로사는 한동안 말이 없었다. 저 아래 시내에 불빛이 하나둘 켜졌다. 건물들은 이제 별자리처럼 이어지는 조명의 윤곽으로만 남았다. 할리는 빛과 어둠의 교대식을 물끄러미 내려다보며 생각했다. 고작 흙 한 줌이 돌아왔는데, 그것을 우리는 귀향이라 부를 수 있을까? 할리는 자기도 모르게 이를 악물었다. 무엇을 참는지도 모르고 한껏 참았다.

○ ○ ○

 태조로에서 오목대 방향으로 죽 걷다가 오목대로 올라가는 경사로 직전에서 왼쪽으로 꺾어 들어가면 한지길이었다. 로사가 오목대를 내려와 한옥마을로 돌아갈 것인가, 치명자산으로 갈 것인가 물었을 때 할리는 '가능하면 낯선 방향으로'라는 구호를 떠올렸고, 그 말은 낯익은 그곳에 가고 싶지 않다는 뜻이기도 했다. 지금은 한지길이라는 어여쁜 이름을 가진 그 길은 할리가 살 때는 풍남동3가였다. 태조로에서 한지길로 들어가는 그 길을 할리는 무수히 꺾고 또 꺾으며 자랐다. 학교에서 집으로 돌아올 때, 오목대에 올랐다가 집으로 돌아올 때, 고3 때 실습으로 시내 대형 미용실에서 밤을 새우고 새벽에 집으로 돌아올 때. 인적이 거의 없는 새벽 귀갓길이 무섭다고 했을 때 엄마는 십 년 넘게 이어온 당신의 새벽기도를 입에 올리며 평소와 달리 진지하게 열변을 토했다. 이른 새벽 거리에 나온 사람들은 전부 숭고한 사람들이라고. 나쁜 짓 할 사람들은 악마 같은 밤에 돌아다니고 새벽에는 열심히 살려는 사람들만 나오는 법이라고. 가족을 위해 새벽기도를 나가는 당신처럼, 무능한 아빠 대신 일찍이 밥벌이를 나가는 당신처럼. 할리는 엄마의 새벽기도 제목에 아빠의 취업이나 남동생의 전교 일 등은 있어도 할리의 자리는 없다는 사실을 잘 알았다. 아무도 마중 나오지 않은 새벽 귀갓길, 할리는 태조로에서 한지길로 들어서자마자 마주 달려오던 운동복 차림의 남자에게 가슴을 쥐어뜯겼다. 너무 놀라 그 자리에 얼어붙은 할리에게 남자는 여유롭게 손까지 흔들어 보이곤 가던 길을 달려갔다. 남자는 오목대 방향으로 올라갔다. 아마 새벽 운동을 나온 길이었으리라. 엄마의 기준으로 열심히 살고자 새벽에 나온 사람이었을 것이다. 그날 처음으로 할리는 고향을 떠나야겠다고 마음먹었다. 할리가 어서 고등학교를 졸업하고 미용실에 취직해 안정적으로 월급을 받아올 날만을 기다리고 있는 엄마와 아빠와 남동생을 이쪽에서 먼저 버려야겠다고 마음먹었다. 지금은 한지길이라는 어여쁜 이름을 가진 이 길이, 열심히 사는 사람들의 숭고한 새벽길이 그때의 할리에겐 세상 무엇보다 지긋지긋하고 무서웠다. 그렇게 고향은 할리의 첫 손절 대상이 되었다.

○ ○ ○

 전주 여행 이튿날 오전, 할리와 로사는 한옥마을 초입의 어느 한의원 치료실 침대에 나란히 엎드려 각자 어깨와 허리에 침을 잔뜩 꽂고 있었다. 아무리 생각해도 이 상황이 어이없고 재미있어 헛웃음이 멈추지 않았다. 간호사는 두 사람이 일행인 걸 알고 침대 사이를 가로막는 커튼도 치지 않았다. 고개를 돌리면 상대방의 벗은 어깨와 등허리가 보였다. 평소 가위질과 빗질로 오른쪽 어깨에 만성통증이 있는 할리는 어깨 위주로, 앉은 자세로 종일 일해야 하는 로사는 허리 위주로 침을 맞았다.
 지난밤, 치명자산에서 내려온 두 사람은 로사가 미리 찾아둔 갈치전골집에 가서 저녁을 먹었다. 갈치조림도 아니고 갈치찌개도 아니고 갈치전골이라고 로사는 강조했다. 아무래도 로사는 전에도 이 식당에 다

너온 적이 있는 것 같았다. 뜻밖에 등산을 하고 내려와 종아리도 허리도 뻐근하게 아파진 김에 할리는 밥이 나오기도 전에 맥주부터 시켜 달게 들이켰다. 술기운이 빨리 돌았다. 마음이 들뜬 김에 로사에게 평소 눌러왔던 사적인 질문을 퍼부어볼까도 생각했다. 무엇보다 전주가 할리의 고향인 걸 알고 이번 여행을 계획한 것인지가 궁금했다. 그런데 분위기가 알아서 낯선 방향으로 흘러가기 시작했다. 로사가 처음 할리와 친해진 계기가 된 날을 복기했던 것이다.

남자는 이십 대 후반이나 삼십 대 초반으로 보였다. 남자에게 뭔가 남다른 기색은 전혀 보이지 않았다. 적어도 머리를 다 깎고 둘이 함께 좁은 샴푸실에 들어가기 전까지는. 낯선 남자 손님이 올 때마다 할리는 알아서 긴장하고 경계했다. 이 업계에서 이십 년 가까이 일하면서 여자 미용사를 우습게 보거나 성희롱에 가까운 언행을 하는 손님을 수없이 만나왔기에 그런 남자들을 어떻게 대처해야 하는지 할리에겐 나름의 매뉴얼도 마련되어 있었다. 하지만 남자는 그런 쪽이 아니었다. 샴푸실 의자에 누워 얼굴에 마른 수건을 덮은 채 남자가 불쑥 물었다.

짱개에 대해 어떻게 생각해요?

할리는 남자가 무슨 말을 하는지 단번에 알아듣지 못했다. 그래서 얼떨떨한 말투로 예? 하고 되물을 뿐이었다. 남자는 설교 조라고 봐야 할지 탐문 조라고 봐야 할지 모르겠는 기묘한 말투로 다시 물었다.

그러니까, 이 동네에 중국인이 많잖아요. 중국인이 손님으로 오면 막 기분이 나쁘고 싫고 그렇죠?

남자는 무슨 말을 듣고 싶었던 걸까? 중국인 혐오에 농잠해날라는 설까, 아니먼 할리가 정말로 중국인을 혐오하는지 아닌지 떠보려는 걸까? 할리가 아무 말도 못 하고 계속 머리만 감겨주자, 남자는 어쩐지 흡족하게 한숨을 내뱉고 말했다.

물 온도가 무릉도원이네요.

할리는 남자의 농담에 웃지 않았다.

남자를 다시 미용 의자에 앉히고 드라이어로 머리를 말리기 시작했는데, 쨍그랑 종소리가 들리며 미용실 문이 열렸다. 길 건너에 네일살롱을 연 지 일 년이다 되어가는 여자였다. 로사는 그날 처음으로 할리의 가게에 걸어 들어왔다. 할리가 드라이어를 끄고 로사를 쳐다보자 로사는 전부터 친한 사이였던 양 커피 한잔 얻어 마시러 왔다고 말하곤 미용 의자에 앉은 남자를 향해 중국어로 들리는 무슨 말을 건넸다. 남자의 표정이 단박에 굳었다. 로사가 할리의 소파에 앉았다. 남자는 할리가 머리를 다 말리고 마무리로 왁스를 발라줄 때까지 내내 눈을 감고 있다가 이발 보가 걷히자마자 서둘러 계산하고 나갔다. 유리문 너머로 멀어지는 남자의 등을 바라보면서 로사가 알아들을 수 없는 말을 뇌까렸는데, 아무래도 중국어 욕설 같았다. 할리가 커피메이커로 내려둔 커피를 머그잔에 따라 건네자 로사가 싱긋 웃으며 뒤늦게 인사를 했다. 로사는 최근 저 남자가 이 동네 업소마다 돌아다니며 중국인을 혐오하는지 아닌지 떠보고 다닌다고, 같은 중국인도 부끄러워할 정도로 이상한 애라고 덧붙였다. 같은 중국인이라는 말에 할리의 마음이 오래 머물렀지만, 초면에 사적인 질문을 던질 만큼 할리는 조심성이 없지 않았다. 남자는 나름대로 검증을 마쳤는지 할리의 가게에도 로사의 가게에도 다시는 나타나지 않았다.

 갈치전골이 보글보글 끓고 맥주병이 점점 늘어가는 동안 로사는 차이나타운에서 보낸 어린 시절 이야기를 들려주었다. 아버지는 뒤늦게 귀화한 중국인이고 어머니는 한국인이며 초등학교는 화교학교를 나왔고 중학교부터 한국학교에 다녀서 자기 인생은 말 그대로 짬뽕이라고. 난 짜장짬뽕탕수육이라면 아주 지긋지긋하다? 이 말끝엔 로사의 혀가 조금 꼬부라졌고, 이어서 전주 사람도 비빔밥 안 먹는다며? 했을 때는 할리가 하루 종일 품었던 의문이 조금 해소되었다. 나는 짱개도 한궈러도 아니고 로사다, 로사! 유일하게 내 맘대로 지은 내 이름 로사라고! 했을 때는 할리도 아득하게 취해갔지만 제 쪽에서 먼저 로사의 본명을 묻지 않아서 참 다행이라고 생각했다. 술자리는 숙소로 이어졌다. 두 사람은 편의점에서 세계맥주를 여덟 캔이나 사 들고 호텔로 들어갔다. 각자 침대에 걸터앉아 맥주를 한 캔씩 비우고 찌그러뜨리며 평소 할 수 없었던 부끄러운 이야기를 털어놓았다.

할리는 6학년 때 남자애들 몇몇이 뒤를 따라 집 안까지 들어왔다가 속옷 바람으로 마루에 누워 낮잠을 자고 있는 아빠를 보고 놀라 우르르 도망쳤다는 이야기를 들려주었다. 로사는 귀화 시험을 보려고 한국사 공부를 하던 아빠가 조선시대 왕 이름 순서를 자꾸 까먹는 모습에 짜증이 나서 멍청이라고 중국어로 욕했다가 옆에 있던 엄마에게 뺨을 맞았다고 말했다. 할리가 그때 쫓아온 남자애 중에 속으로 좋아하던 애가 있었는데, 하필 그날 아빠가 입고 있던 속옷이 너무 누렇게 바랜 상태라 그 후로 그 남자애를 똑바로 쳐다볼 수도 없었다고 털어놓자, 로사는 자기 첫사랑은 고등학교 때 반장이었는데, 전교에서 일 등을 한 날 축하 파티를 하러 온 가족이 로사네 중국 식당에 왔고, 하필 그날 로사가 엄마 대신 서빙을 보고 있었다고 한숨을 쉬며 말했다. 할리가 그 남자애 지금 전주에서 제일 돈 많이 버는 한정식집 사장이 되었다고 말하자, 로사가 자기 첫사랑은 차이나타운 옆에서 한의원을 한다고 말했다. 둘은 누가 더 성공했는가를 두고 옥신각신 입씨름을 벌이다가, 유명 음식점과 한의원의 예상 매출을 비교해보다가, 아이고, 의미 없다 싶어져 등산 후 몸도 뻐근한데 말 나온 김에 다음 날 전주에서 가장 용하다는 한의원을 찾아가 침도 맞고 보약도 지어 가자고 호기를 부리다가, 점심은 할리가 좋아했던 남자애의 식당에 가서 먹자고 약속했다.

그 남자애가 알아보면 어떡해?

할리가 묻자 로사가 마스크를 쓰고 가라고 했고, 마스크를 쓰면 밥을 어떻게 먹느냐는 질문에 로사가 마스크를 가로로 쫙 찢어주겠다고 했을 때는 동시에 웃음이 터져 침대에 쓰러져 배가 아플 때까지 웃다가 씻지도 않고 잠들었다.

○ ○ ○

나이 지긋한 한의사가 할리의 어깨에 침을 놓으며 진맥을 해보니 장이 꽝꽝 얼었다고, 냉동고라고 혀를 찼다. 얼음을 녹여주는 약을 지어줄 테니 가서 잘 먹으라고도 했다.

많이 안 먹어도 자꾸 살이 찌지?

한의사가 오지랖 넓은 큰아버지처럼 대뜸 반말을 시작했다.

걱정하지 마. 선생님이 그 살 다 빼줄 거야.

한의사가 이번에는 로사의 침대로 가 허리에 침을 놓았다. 한의사는 바로 옆에서 할리가 듣고 있다는 걸 알면서도 진맥을 해보니 장이 꽝꽝 얼었다고, 냉동고라고 혀를 찼다. 할리는 웃음을 참으려고 이를 악물었다. 한의사는 로사에게도 얼음을 녹여주는 약을 지어 줄 테니 잘 먹으라고 했다. 많이 안 먹어도 자꾸 살이 찌지? 하고 한의사가 말했을 때 로사가 대꾸했다.

저 많이 먹는데요?

할리는 더는 웃음을 참을 수가 없었다. 할리의 몸에서 풍선 바람 빠지는 소리가 났다. 한의사는 꿋꿋하게 로사에게도 선생님이 그 살 다 빼줄 거라고 말하고 치료실을 나갔다. 할리가 푸슬푸슬 웃자 로사가 끄윽끄윽 웃기 시작했다. 몸에 바늘을 꽂고 엎드린 채 웃으려니 배가 당기게 아팠다.

로사야.

응?

다음 여행은 내가 계획하고 총무도 할게.

어디 가게?

비밀.

로사는 할리가 어디를 마음에 두고 있는지 알 것이다. 그곳이 어디든 여행일 뿐 아직 귀향은 아니라는 것도. 한번 흩어진 것들에게 돌아가는 길은 쉽게 열리지 않는다는 것도. 할리는 고등학생 로사가 등굣길에 타고 다녔던 버스가 항구에 정차할 때마다 당장 내려 먼바다로 달아나고 싶었다는 간밤의 고백을 떠올렸다. 다음 여행에는 로사와 함께 인천을 한 바퀴 순회한다는 그 버스를 타고 인천항에 내려 오래오래 바다를 바라보리라 다짐했다. 또 한때 바다였으나 유원지로 변모한 곳에서 늘 바라만 봤을 뿐 타보지는 못했다는 오리배를 함께 탈 것이다. 두 사람이 서툴게 모는 오리배는 기우뚱거리면서도 물 위를 무사히 헤쳐갈 것이다. 짜장짬뽕탕수육이라면 지긋지긋하다는 로사를 위해 차이나타운에서 멀리 떨어진 인천의 맛집을 꼭 찾아내리라고도 생각했다. 음식 생각을 하니 배가 고파졌다. 할리는 엎드린 자세로 오래전 그 남자애가 한다는 음식점을 검색해보았다. 그리고 그 거리에서 가장 멀리 떨어진 맛집을 찾아 예약 버튼을 눌렀다. 당분간은 가능한 한 낯선 방향으로 갈 것이다. 서울로 돌아가는 기차 시간은 아직 여유가 있었다.

Entanglement

해변의 오리배

정선임

공연을 예매하지 않았다면 선뜻 가겠다고 답했을까. 미연은 주희와의 통화 내용을 몇 번이고 복기했다.

 인천까지 오는 거 무리 아냐?

 마침 일요일이고 갈 일도 있어서 겸사겸사 괜찮아.

 그때마다 특정 단어들이 밟혀 더 나아가지 못하고 멈추곤 했다. 주희는 무엇이 '무리'라는 것일까. 서울에서 인천까지의 거리일까. 아니면 미연이 승재의 장례식에 참석하는 일을 뜻하는 걸까. 후자 쪽으로 생각이 기울자, 장례식에 참석하는 건 얼마나 친해야 가능한가라는 의문으로 이어졌다. 직장 상사의 부모 장례식에도 참석하지 않나. 지금은 연락이 뜸하다 해도 한때는 가까웠던 친구의 본인 상이었다. 그런데 그의 아내도 아이들도 모른다. 그렇다면 미연은 누구를 보러 장례식장에 가는 걸까. 한때 가까운 사이였어도 지금 친하지 않다면 참석하지 않아도 되나. 앞으로 친해질 사람이면 경조사에 참석한다고 정했던 기준을 적용해봐도 마땅치 않다. 앞으로 볼 일도 없는데. 소식을 들었을 때 당연히 가야 한다는 생각보다는 '마침' 인천에 가는 길이니 '겸사겸사' 동선을 고려해도 무리 없을 일정이라는 판단이었다. 그런데 '마침'과 '겸사겸사'라는 단어가 왠지 생경하게 느껴졌다. 이유를 생각하다가 답을 찾지 못하고 주희의 '무리'로 옮겨갔다. 주희는 굳이 전화해서 부고를 알려줬으면서 왜 무리라고 이야기하는 걸까. 조의금만 보내도 충분하다는 의미였을까.

 인천까지 오는 거 오버 아냐?

 무리를 오버로 바꿔서 주희의 어조대로 따라 해봤다. 소리가 새어나가지 않도록 조심하면서. 이쪽에서 힘주어 발음했던가. 망설이듯 두 번 정도 숨을 들이마셨던 것 같은데 어디쯤이었지.

 미연은 심리상담사에게 너무 많은 생각을 하지 말

라는 조언을 들었다. 상대방의 말을 액면 그대로 받아들이는 연습을 하라고. 말하던 도중 숨을 쉬었는지 미간을 찡그렸는지 목소리가 가라앉았는지 같은 것도, 문자에서 말줄임표나 비웃음처럼 느껴지는 하나짜리 'ㅋ' 따위도 일일이 신경 쓰지 말라고. 그러나 미연은 그러지 못했다. 사람들의 말은 자꾸만 밟히고 서걱거렸다. 승재와 함께 걸었던 백사장 모래알처럼 털어내도 달라붙었다. 그래서 미연은 은행원이라는 자신의 직업을 좋아했다. 일할 때는 숫자와 서류만이 중요했다. 정확한 기준으로 신용등급이 산출되었고 그에 따라 대출 금액을 정하면 되었다. 종종 고객들은 서류에 적히지 않을 가능성의 숫자를 제시했지만, 그것은 심사에 영향을 미치지 못했다. 언제부터일까. 매번 잠들지 못하고 사람들과의 대화를 분해하듯 살펴 그들이 생략시키거나 숨겨둔 의도를 짐작하는 일에 에너지를 빼앗기게 된 건.

조수석에 앉아 있는 유나를 힐끗 살폈다. 유나는 에어팟을 귀에 꽂은 채 게임에 몰두하고 있었다. 미연이 크게 외쳐도 신경 쓰지 않으리라. 그럴 때마다 미연은 외로워졌다. 유나의 끝이 살짝 올라간 콧날은 여지없이 현수를 떠올리게 했다. 유나의 아빠이자 미연의 남편. 현수는 미연의 첫 고객이었다. 옷차림이 좋아도 표정이 밝아도 친절해도 재정 상태는 엉망인 경우가 많았다. 현수는 겉모습과 신용도가 일치하는 사람이었다. 그랬었다. 미연은 현수에 관한 생각을 거기서 멈추고 다시 유나의 나이를 떠올렸다. 유나는 열일곱. 미연이 승재를 처음 이성으로 의식한 시기와 비슷한 나이이며 현수와 만났던 나이보다는 일곱 살 어리다. 아니다. 유나는 열여섯이다. 미연은 굳이 만 나이를 적용해 정정해본다. 유나가 불안해신 건 중2 때였다. 그 무렵부터 유나가 무슨 생각을 하고 있는지 도통 알 수 없었다. 그래서 생각해낸 것이 좋아하는 가수의 공연을 같이 보는 거였다. 예전에 미연도 엄마와 함께 종종 영화를 보러 갔었다. 미연이 고등학교에 입학한 해인 1997년부터였을 것이다. 이름은 기억도 나지 않는 비슷비슷한 로맨스 영화들. 결말은 같았다. 첫사랑이 끝사랑이 되는, 어린 시절부터 평생 한 사람만을 사랑하는 주인공이 등장했다. 영화를 보고 나면 차이나타운에 가서 짜장면에 탕수육을 시켜 먹곤 했다. 미연은 서비스로 나오는 군만두를 남김없이 먹었고 짜장면과 탕수육을 남겼다. 엄마는 주머니에 가지고 다니던 비닐봉지를 꺼내 소스를 부어 눅눅해진 탕수육을 담아 집에 가지고 갔다. 미연은 그런 엄마가 부끄러워 눈을 이리저리 돌렸다. 눅눅해진 탕수육을 냉장고에서 꺼내 맛있게 먹는 건 결국 미연이었으면서도. 때로 중국집 카운터를 지키고 있던 여자가 이를 눈여겨보고 포장해주었다. 그러다 여자는 한국인이고 주방에서 요리하는 남편은 중국인이라는 것을 알게 됐다. 그들에게는 어린 딸이 있었는데 어느 날은 애들한테 놀림을 받았다며 울고 들어오기도 했다. 미연이 대학을 졸업하고 서울로 취업한 뒤에는 뮤지컬 예약을 해서 엄마를 데려갔다. 크리스마스나 어버이날 혹은 그냥 엄마 취향의 뮤지컬이 눈에 띌 때면. 몇 번 가지는 못했다. 엄마는 몇 년 지나지 않아 허리가 아파서 오래 앉아 있기 어려워졌고 삼 년 전부터는 요양원에서 지냈다. 일하러 나가는 미연을 대신해 엄마는 유나를 돌봤다. 미연은 엄마의 허리가 일찍 망가진 것이 자신의 탓인 것만 같았다. 사람을 쓸 걸 그랬다고 후회하듯 말하면 엄마는 나이가 들면 원래 그런 거라고, 이런 건 아무것도 아니라고 말했다.

친구를 좀 만나. 아빠가 돌아가시고 엄마가 홀로 됐을 때 미연은 종종 말했다. 그러나 엄마는 미연이 자신의 가장 좋은 친구라고 했는데, 미연은 그 말을 들을 때마다 숨이 막혔다. 그러면서도 자신이 딸을 낳으면 정말 친구 같은 엄마가 될 수 있으리라 여겼다. 최애를 공유함으로써 그 간격을 없애보려던 시도는 꽤 성공적이었다. 미연은 아이돌 그룹 내에서도 좋아할 대상을 신중하게 골랐다. 유나가 직접적으로 권유하지는 않았다. 다만 유나가 볼 수 있는 곳에 사진을 펼쳐놓거나 음원과 영상을 재생해놓았다. 유나 역시 꽤 까다로웠다. 물론 유나의 외모적 취향도 만족시켜야 했지만, 무엇보다 중요한 건 계속 좋아해도 탈이 없을 아이돌을 선택하는 것이었다. 소속사 문제나 음주운전, 성 추문, 왕따 논란, 게으름 등등. 이유는 많았고 그런 기미만 보여도 뒤도 돌아보지 않고 손절했다. 시간을 낭비할 필요는 없었다. 유나도 미연의 결정에 순순히 따랐다. 몇 번의 탈덕을 거쳤고 지금의 선택에 미연은 만족하고 있었다. 노래와 춤 모두 실력이 있었고 팬들에게도 다정했다. 자기관리에도 게으르지 않고 근육도 과하지 않게 붙었고 약간은 허술한 면에 인간적인 매력도 있었다. 더욱이 책까지 읽는 듯했다.

콘서트는 영종도에서 열렸다. 이번에는 특별히 시야가 좋은 자리를 골랐다. 지난 공연 때 흥분해서 소리를 지르는 유나를 보는 일이 즐거웠다. 발갛게 물든 볼과 한순간이라도 놓칠까봐 크게 뜬 눈. 동작 하나라도 놓치지 않으려고 무대 위에 고정된 시선. 그러다 어느 순간 미연이 더 즐기고 있었다. 오늘처럼 공연이 주말에 있고 거리가 있는 지역에서 열릴 때면 공연장 근처 호텔에서 유니와 하루 자고 오는 것도 낙이 되었다.

엄마, 이거 또 이래.

유나가 질색하듯 자기 배낭을 가리켰다. 배낭 안에서 빛이 뿜어져나오고 있었다. 보라에서 연두로, 파랑으로 빛은 수시로 바뀌었다. 응원봉을 꺼냈다. 대여해준 이가 알려준 대로 좌우로 세게 흔들자 빛이 꺼졌다.

오늘 하루만 쓸 거니까 괜찮아.

해변의 오리배

두 개 중 하나가 말썽이었다. 당근을 통해 빌린 것이었다. 그냥 살 걸 그랬다. 몇 번의 경험을 통해 포토카드나 응원봉이 나중에 처치 곤란임을 깨달았기 때문에 아이돌에 대한 확신이 들기 전에는 앨범 외에는 형체가 있는 것은 소유하지 않으려 했다. 그래도 이번에는 꽤 오래갈 것 같으니, 현장에서 팔면 하나 사 오자고 마음먹었다.

유나야, 게임 그만하고 노래 듣자.

공연에서 선보인다는 신곡을 플레이했다. 시간을 되돌려 처음부터 다시 시작하고 싶다는, 몇 번을 태어나도 나는 너를 사랑할 거라는 가사였는데 미연은 영화든 소설이든 너를 만나기 위해 같은 생을 반복하겠다는 스토리에는 끌리지 않았다. 노래를 흥얼거리다가 미연은 왜 같은 삶을 반복해야 하지. 그 수치와 모욕의 시간을 다시금 겪어야 한다니 끔찍하다, 끔찍해, 라고 중얼거렸다.

미연이 유나의 나이 때는 누군가에게 자주 반했고, 자주 다이어리를 바꿨다. 한 글자라도 틀리거나 내용이 마음에 들지 않으면 새 다이어리를 샀다. 어쩌면 바꿀 수 있는 게 그것밖에 없었는지도 모른다.

로미오와 줄리엣도, 젊은 베르테르도, 인어공주도, 킹콩도 모두 사랑 때문에 죽었다. 하지만 현실에서 사랑 때문에 죽는 사람은 없다.

얼마 전 미연은 그 시절의 일기장을 뒤적이다가 발견한 문장에 낯이 뜨거워졌다. 스스로 자아가 없던 시절이라고 말하고는 했다. 누군가는 남들이 보이는 곳에 낙서를 하지만 미연의 사랑은 그런 방식은 아니었다. 좋아하는 사람이 생기면 우선은 숨겼다. 일기장에 이름을 적고 감췄다. 상상 속에서 고백하는 장면을 써보기도 했다. 그렇게 글로 쓰고 나면 어느 정도 마음이 진정되었다.

미연은 수시로 유나의 서랍 속을 살폈지만 유나는 일기를 쓰지 않았다. 아마도 SNS 비밀 계정을 만들어두지 않았을까. 유나가 잘 때도 꼭 쥐고 자는 휴대전화를 살펴보려다가 그만두었다. 유나만은 액면 그대로 믿고 싶어서다. 행간에 숨은 의미 따위는 신경 쓰지 않고. 유나가 소설이나 만화 2D 속 인물들을 좋아하다가 아이돌로 옮겨가며 불안해졌다. 그래도 아직은 미연의 검수를 거치니 안전했다.

지금도 미연은 새롭게 시작하고 싶은 기분이 들면 다이어리를 샀다. 한두 장만 빼곡하게 채우고 늘어가는 일기장이 서랍 속에 쌓여갔다. 첫 장부터 끝까지 예쁜 것들로만 채우고 싶었다. 유나는 미연에게 유일하며 대체 불가한, 감히 아무것도 적지 못한, 아직 한 장도 찢어내지 않은 새 다이어리였다.

장례식장은 미연이 살던 구도심을 지나 송도신도시로 들어가는 근방에 있었다. 미연은 결혼하면서 인천을 떠났고 이듬해 아버지가 돌아가시면서 살던 집을 처분했다. 그 뒤로는 한 해에 두 번 정도 명절에만 인천 큰집에 들렀는데 그마저도 큰아버지가 돌아가신 뒤에는 그만두었다. 친구들이 있었지만, 초중고를 함께 다닌 주희하고만 연락하는 정도였다. 태어날 때부터 살았던 미연의 집은 헐값에 넘겨야 했다. 아파트가 아닌 집은 가치를 잃기 시작할 무렵이었다. 미연의 방은 공터가 내려다보이는 이 층이었다. 공터는 주인 없는 빈 땅이어서 동네 사람들이 상추도 심고 차도 세

워뒀다. 가을이면 냄새를 피우던 은행나무가 한 그루 있었는데 승재와 주희가 그 아래에서 미연을 부르곤 했다. 창틀 실리콘에 뽀얗게 내려앉은 먼지까지도 기억날 만큼 이상하게 그 순간이 생생하게 그려졌다. 공터와 은행나무, 그리고 미연의 집은 이제 없다. 미연이 아빠 심부름으로 소주를 사러 갔던 평상이 놓여 있는 작은 슈퍼와 승재가 중학교에 간다고 처음 머리를 밤톨처럼 깎았던 이발소와 지날 때마다 고소한 냄새가 나던 방앗간도 더불어 사라졌다. 그 일대는 빌라촌이 되었다. 프랜차이즈 카페와 빵집이 들어섰다. 그래도 미연이 다녔던 학교와 도서관 같은 것들은 그대로 남아 있었다. 세월이 지나도 변함없는 건물들이 기억을 상기시켰다.

여기가 엄마 다니던 학교야.

유나는 차창 너머로 힐끗 보는 시늉을 하다 말았다. 미연의 집은 버스 정류장에서도 지하철역에서도 멀었다. 914번 버스를 타고 대학에 다녔고 서울로 취업한 뒤에는 버스를 타고 간석역까지 가야 했다. 아침마다 머리카락을 다 말리지 못해 축축한 상태로 지하철을 탔다. 1호선을 타고 가다가 5호선으로 갈아타야 했는데 꾸벅꾸벅 졸다가도 신기하게 환승 구간에서는 잠이 깼다. 늦은 밤 집으로 돌아올 때면 가로등이 띄엄띄엄 있어 어두컴컴한 골목길을 돌아보지 않고 뛰어갔다. 옆구리가 터질 정도로 꾹꾹 눌러 담은 쓰레기봉투를 내놓은 골목을 지나 대문의 벨을 누를 때까지 긴장을 늦출 수 없었다. 누군가 숨어 있다 튀어나와 미연을 끌어안고 도망간 뒤로는 더욱더. 친구들과 어울려 자주 술을 마시던 대학 신입생 시절에는 버스가 끊긴 길을 걸어오곤 했는데 그때마다 홍등가를 지나가야 했다. 붉은 불빛 아래 전시된 여성들의 육체를 바라볼 때의 무참함, 음습한 농담과 준비되지 않은 섹스, 친근함을 앞세운 무례함, 감정의 파고로 인한 우울. 미연은 그 거리에서 체득한 감정들이 몰려오자 속도를 높였다. 미연은 불가능하다는 걸 알지만 유나를 최대한 보호하고 싶었다. 아무것도 모르게 하고 싶었다. 아직은.

여자야, 남자야?

동창 장례식장에 간다고 했더니 유나가 물었다.

남자.

유나는 잠시 생각하더니 또 물었다.

그 책 보내주던 아저씨야?

그걸 어떻게 알아?

자주 왔으니까.

유나는 심상하게 대꾸했다. 승재는 소설을 썼다. 거의 매년 책을 냈고 책이 나오면 미연에게 보내주었다. 지난해 말이 마지막이었던가.

잠깐만 들렀다가 가면 돼.

장례식에 갔다가 콘서트를 보러 간다고?

유나는 이해되지 않는 얼굴로 미연을 바라봤다. 미연은 유나의 눈빛을 바라보면서 '겸사겸사'와 '마침'이라는 단어가 역시 어울리지 않았다고 생각했다. 조금 반가웠다. 석연치 않았던 기분의 정체를 알 수 있어서. 그때 유나의 휴대전화 진동이 울렸다. 처음 보는 이름과 하트 이모티콘. 유나는 받지 않았다.

누구야?

그냥 같은 반 애야.

유나가 승재에 대해 물었듯 미연도 묻고 싶었다. 그

러나 조심스러웠다. 호르몬의 변화 때문인지 유나가 벌컥 화를 낼 때가 있었는데, 그때마다 미연은 어떻게 대처해야 할지 몰라 평정심을 잃었다. 장례식장 근처에 이르러 유나를 내려줄 장소를 찾았다. 가까운 스타벅스가 눈에 띄었다. 차를 세우려는데 유나가 말했다.

나도 갈래.

미연은 의외의 말에 가만히 유나를 쳐다보았다. 유나의 속내를 짐작할 수 없었다.

배도 고프고. 혼자 있기 싫어.

한때는 분리불안까지 보일 정도로 미연에게 집착하던 유나는 이제 미연이 곁에 오는 것을 싫어했다. 집에 오자마자 방문을 걸어 잠갔다. 미연은 밤마다 열쇠로 문을 열고 들어가 잠든 유나 얼굴을 내려다보고 나오고는 했다. 유나의 휴대전화가 또다시 울린다. 유나는 받지 않았다. 미연은 신경 쓰지 않는 척하면서 말했다.

그럼, 햄버거 먹고 있을래? 카드 있지?

혼자 있기 싫다고.

유나가 또박또박 힘주어 얘기했다. 미연은 그 말에

유독 약했다. 유나를 혼자 두었던 날들이 떠올라서였다. 반차를 쓰고 어린이집에 맡겨놓은 유나를 일찍 데리러 간 날이었다. 커튼을 쳐놓고 아이들은 낮잠을 자던 중이어서 어린이집 안이 어둑했다. 유나가 잠이 덜 깬 얼굴로 얼마나 환하게 웃던지. 미연이 혹시라도 맘이 바뀌어 다시 갈까봐 걱정됐는지 서투르게 걷다 넘어져서 엉금엉금 기어 나오던 모습을 잊을 수 없다. 그때를 생각하면 죄책감이 들었다. 유나가 막 돌이 지났을 때였다. 기억할 리 없는데도 유나는 자신이 기억하는 일이라고 우기곤 했다. 딱 한 번 현수와 함께한 인터뷰에 실린 기사에서 비슷한 말을 했었다. 유나가 아마도 그걸 찾아본 것 같다. 유나가 여섯 살이었을 것이다. 현수가 정신의학 전문의로 이름을 알리기 시작할 무렵 한 잡지사에서 취재하러 왔었다. 인테리어 비용을 대준다고 해서 집까지 공개하며 응했던 인터뷰였다. 미연이 은행원이라고 하자 워킹맘으로서의 고단함 같은 것을 듣고 싶어 했다. 유나는 불리해지면 그 얘기를 꺼냈고 보란 듯이 쓸쓸한 표정을 지었다.

빈소는 대학병원의 장례식장이었다. 오랜만이어도 미연에게는 무척 익숙했다. 미연의 조부모와 아빠까지 모두 이곳에서 장례를 치렀기 때문이다. 호실을 확인하고 지하로 내려갔다. 입구에는 출판사와 동창회에서 보낸 조화가 줄지어 서 있었다. 주희가 마치 가족처럼 문상객들을 챙기고 있었다. 미연이 떠난 이후에도 주희는 승재와 이 도시에서 평생을 함께했다. 미연과 눈이 마주친 주희가 유나를 보고 의외라는 표정을 지었다.

미연은 분향실에 들러 잠깐 인사만 하고 나갈 생각이었는데 입관 중이라고 했다. 잠깐 조문만 하고 가려던 미연의 계획이 어그러졌다. 주희는 동창들 곁으로 미연을 안내한 뒤 유나에게 다정한 미소를 지었다. 그러고는 음식이 차려지자 상 위를 살펴보더니 편육과 전을 좀 더 가져다 내주었다. 유나는 방울토마토를 집어 먹었다. 미연이 차를 가져왔다며 술을 거절하자 누군가 배 음료를 앞으로 밀어주었다. 이름도 얼굴도 희미한데 그들은 과거의 인연으로 미연아,라고 부르며 말을 놓았다. 미연은 그게 또 이상하지만 심리상담사의 말을 떠올리며 더 이상 생각하지 않으려 애썼다.

모두가 인천까지 웬일이냐고 물었다. 서울에서 인천은 고작 한 시간 거리인데도. 한 달 전부터 티켓팅해놓은 콘서트가 있다는 이야기는 하지 못했다. 그냥 일 때문에,라고 뒷말을 흐렸다. 미연은 그들이 불편했다. 그들도 그럴 것이다. 가족과 같은 친구를 추억하고 싶은 자리에 미연이 등장해 흐름이 끊겼으니. 많이들 울었는지 얼굴도 붓고 술기운으로 불콰했다. 승재와 미연 사이를 여전히 의심하고 있을까. 미연은 승재보다 두 해 먼저 결혼했고 서로의 결혼식에 참석하지 않으면서 그들의 의심은 확신이 되었다. 아마도 모든 것을 알고 있는 주희조차도. 승재는 첫 책 작가의 말에 이니셜로 감사를 표했다. M이라고 적혀 있었고 그것이 모두 미연이라는 것을 알았다.

이제 우리는 모두 송도에 살지.

미연이 오다보니 동네가 많이 변했다는 얘기를 꺼내자 주희가 송도에 힘을 주듯 말했다. 승재만은 구도심에 남아 있었다.

남편은?

이름이 가물거리는 누군가 물어왔다. 마침 미연은 방울토마토 한 알을 입안에 넣은 참이었다. 대답을 미뤘다.

지방에 있어.

불쑥 주희가 끼어들어 답했다. 누군가는 재차 물었다.

왜? 서울에서 꽤 큰 병원 한다고 하지 않았나?

주희는 낮게 중얼거리며 미연의 눈치를 살폈다.

아직 모르는구나.

이름이 여전히 가물거리는 누군가를 그래도 어느 시절에 하굣길을 함께했던 기억이 남아 있는 동창 하나가 담배나 한 대 피우자며 어깨동무하듯 끌고 갔다. 어색한 침묵이 돌았다. 주희는 목소리를 낮추어 미연에게 물었다.

잘 지내는 거지?

흔히 하는 인사말이었지만 그 일 이후로 미연은 그런 질문을 하는 사람들의 속내를 짐작해보곤 했다. 정말 잘 지내기를 바라서일까. 미연도 흔한 인사말을 받아들일 때처럼 고개를 끄덕이며 웃어 보였다.

다 완벽할 수는 없지.

누구한테 하는 말일까. 주희는 한숨을 한 번 쉬더니 중얼거리듯 말했다. 주희는 그 일이 일어났을 때 누구보다 분노했다. 미연이 왜 평소와 다르게 정리하지 못하는지 의아해했다.

너는 원래 그런 성격이 아니잖아.

한동안 사람들은 마치 미연을 전부 다 아는 것처럼 굴었다.

새로운 조문객이 들어서자 주희가 반색하며 일어섰다. 어리둥절해하고 있는 미연을 일으켜 세우더니 속삭였다.

해양탐구부 기억 안 나?

낯익은 얼굴이었다. 미연은 엉겁결에 허리를 수였다. 침통한 표정으로 주희를 뒤따라가는 그의 뒷모습을 보고서야 고등학교 시절 문학을 가르쳤던 선생이라는 것을 알아챘다. 주희는 적당히 어울릴 만한 무리가 앉은 자리로 선생을 모시고 갔다.

거기 말이야. 송도유원지. 우리 자주 갔었잖아.

승재와 주희, 미연은 고등학교 1학년 때 해양탐구

부라는 동아리였다. 왜인지는 모르겠지만 문학 선생이 담당이었다. 서울대를 졸업했다는 선생은 밤마다 술을 마시고 주정을 한다는 소문이 학생들 사이에 퍼졌다. 그 이유에 대해서는 의견이 갈렸다. 현재에 대한 불만 때문이라고도 했고 떠나간 여자 때문이라고도 했다. 바다를 보러 가자고 해놓고는 산에 데려갔다. 예전에 여기까지 바다였다고. 실제로 조개껍데기 같은 것들이 있기도 해서 미연은 혹시나 하는 마음에 그것을 주워 채집통에 담았다. 학교에서 멀지 않은 송도유원지에도 자주 데려갔다. 선생은 백사장이 무의도에서 끌어온 모래라고 설명하고 낮잠을 자거나 담배를 피우곤 했다. 그들도 불만은 없었다. 그들이 마음대로 놀도록 놔두었으니까. 나쁘지 않았다. 주고받는 것이 분명한 관계였다. 승재는 가만히 웅덩이 같은 바다를 보다가 언젠가 진짜 바다를 보러 가자고 했다. 미연이 해양탐구부에 지원했던 건 그저 승재와 같이 있고 싶어서였다. 바다가 진짜든 가짜든 중요하지 않았다.

그럼 이건 가짜 바다야?

주희가 반박했다.

바다는 어쨌든 바다지. 다른 섬에서 끌어왔어도 모래도 진짜고.

미연이 거품 이는 흙탕물 색에 쓰레기가 떠다니는 이 도시의 바다가 아니라 푸른 바다를 본 건 대학 때 제주도 여행을 가서였다. 유나에게는 일찍 제주도의 협재 바다를 보여주었다. 유나의 첫 바다는 에메랄드빛이기를 바랐다.

유원지에 마지막으로 간 건 고3 여름방학 때 승재와 주희와 함께였다. 오리배는 셋이서 탔지만 대관람차는 승재와 미연 둘만 탔다. 주희는 고소공포증이 있어서 밑에서 기다린다고 했다. 미연은 자꾸만 아래를 내려다봤다. 승재가 물었다.

뭘 보고 있어?

아냐, 아무것도.

관람차 안은 여러 가지 낙서로 지저분했다. 승재는 스위스 아미 나이프를 펼쳤다. 그러더니 그 낙서 틈바구니에서 빈칸을 찾았다. 끼익 소리가 났다. 미연의 이름과 자신의 이름을 새기더니 가운데 하트를 그려

넣었다. 끼익거리는 소리에 멀미가 날 것 같았다. 승재가 미연의 손을 잡았는데 축축했다. 떼어내고 싶었다. 관람차에서 내린 뒤에도 주희가 보고 있어도 승재는 손을 놓지 않았다. 다음 날 학교에 가자 아이들이 몰려와 물었다.

너희 드디어 사귄다며?

승재는 환하게 웃었고, 아이들은 일제히 미연을 쳐다봤다.

아니야.

미연은 한마디만 했고 고개를 돌려버렸다. 더 이상 대답하지 않았다. 그때 승재의 표정을 기억했다. 그게 끝이었다. 아무 사이도 아니었다. 주희가 왜 자꾸 그날의 유원지 이야기를 꺼내는지 모르겠다. 그날 이후 미연은 승재와 어색해졌고, 주희와도 그랬다. 냉랭해진 주희의 태도에 주희가 승재를 좋아했나?라는 생각이 들 정도로. 승재는 종종 납득할 수 없다며 삐삐 음성사서함에 메시지를 남겼다. 미연은 바로바로 삭제했다. 그러면 모든 시간이 지워지기라도 할 듯이. '나는 너를 이해하지 못하겠어' 같은 원망의 말뿐 아니라

'그냥 하늘이 예뻐서 생각이 났어'와 같은 말들도 남기고 싶지 않았다.

오열하는 소리가 들렸다. 막 입관을 막 끝낸 유가족이 들어오고 있었다. 승재의 아내는 많이 울었는지 거의 혼절하다시피 했다. 가족 중 한 명이 아내를 부축해 쉴 수 있는 방으로 데려갔다. 미연은 분향실로 조문하러 들어갔다. 상주인 큰아들이 서 있었다. 이제 막 중학교에 입학했다고 했다. 곁에 있던, 몇 번 본 적 있는 승재의 형이 미연을 알아봤다.

닮았네.

그 소리에 놀라 돌아보니 유나가 서 있었다. 미연을 따라 국화를 놓았고 상주와 인사를 나눴다. 미연은 유나가 승재의 사신을 빤히 쳐다보고 있음을 깨달았다. 사진 속 승재는 특유의 눈웃음을 짓고 있었다. 건강해 보였다. 정말 아무것도 아니었을까. 승재는 그 뒤로도 몇 번 물었다. 정말 아무것도 아니었어? 그 질문은 승재의 소설 속에서도 한동안 계속되었다.

자리로 돌아오자 주희가 귓속말했다.

사춘기일 텐데 유나 의젓하네.

우리 애는 사춘기 끝났어.

미연은 유나가 들으란 듯이 말하며 웃어 보였다. 유나가 한 말이었다. 중학생들을 정말 이해 못 하겠다며 혀를 찼다. 미연은 실제로 유나의 질풍노도의 시기가 끝났길 바랐다. 그런 거면 좋겠다고. 그 말을 믿고 싶었다.

락스 먹을 거야.

친구들과 흔히 주고받는 농담이라는 걸 알아도 유나가 그런 말을 할 때마다 가슴이 철렁 내려앉고는 했다. 유나의 마음 어딘가 깊숙한 곳에 내재해 있으니 할 수 있는 말 아닐까. 미연은 자신이 생각해도 기우 같았지만 그 뒤로 락스를 눈에 띄지 않는 곳에 감춰두었다. 유나는 어른들의 대화에 신경 쓰지 않고 휴대전화에 코를 박고 있었다.

동창들은 미연 때문에 끊겼던 대화를 이어갔다. 저마다 마지막으로 만난 승재의 모습을 추억하는 중인 듯했다. 폐암이라고는 했지만 수술도 성공적이었고 항암치료도 막바지였다. 가족 외에 마지막으로 승재를 만난 사람은 주희였던 모양이다. 며칠 전 뒷산으로 등산을 가던 승재와 마주쳤는데 머리카락이 빠진 탓에 비니를 쓰고 있더라고, 카키색이 잘 어울린다고 생각만 하고 그 말을 못 해줬네,라며 후회하듯 말했다. 올 연말에는 펜션을 빌려 놀러 가려 했었지,라며 누군가 말을 이어가고 있는데 조문객들이 한꺼번에 들어왔다. 주희가 그들을 안내하기 위해 일어서자 미연도 기회를 놓치지 않고 따라 일어섰다. 그런데 유나가 자리에 없었다. 미연은 허둥지둥 주변을 살피다가 뛰어나갔다. 몇몇 동창이 벌써 가는 거냐며 인사를 건넸지만 미연은 받는 둥 마는 둥 했다. 유나에게 전화를 하며 주변을 살피던 미연은 주차장 화단 근처에 놓인 낡은 회전의자에 시선이 멈췄다. 거기에 유나가 앉아 있었다. 화단 가장자리에 울타리처럼 심신 회양목은 먼지가 내려앉아 우중충했고 주변에는 담뱃재와 꽁초가 너저분하게 떨어져 있는 곳. 유나는 미연이 가까이 온 줄도 모르고 빙그르르 의자를 돌리며 누군가와 통화 중이던 유나는 미연과 눈이 마주치자 웃음기를 거뒀다.

  왜 이런 데 있어. 더럽게.

지루해서.

그러니까 굳이 왜 따라왔어.

유나는 미연을 빤히 쳐다보더니 말했다.

남들이 알아서 싫은 거야?

미연이 그게 무슨 소리냐고 물으려는데 웅성거리는 소리가 들렸다. 주희가 조문객들을 배웅하러 나왔다. 저마다 승재의 평소 품행에 대해 한마디씩 나누며 안타까워하고 있었다. 가족들을 얼마나 아끼는 가장이었고 건실하고 존경받았는지. 부부가 얼마나 보기 좋았는지. 그들의 말에 응대하고 있는 주희와 미연의 눈이 마주쳤다. 이만 가보겠다고 미연이 주희에게 인사를 건네자, 주희가 돌연 미연을 끌어안듯 어깨를 감싸며 귓속말로 물었다.

부러워?

미연은 당황해서 아무 말도 하지 못했다. 주희는 대답을 원하지 않았는지 몸을 돌려 장례식장으로 들어가버렸다.

구도심을 빠져나와 송도신도시로 들어섰다. 미연

은 신도시 특유의 질서 정연한 배열을 좋아했다. 불필요한 건물은 없어 보였다. 바닷물을 끌어다 만들었다는 커다란 인공 호수에는 가족 단위나 연인들이 오리배와 보트를 타고 있었다. 깨작거리며 먹던 유나가 맘에 걸려 식당이라도 찾아볼까 했지만 장례식장에서 생각보다 시간을 지체했다. 본래는 엄마와 자주 갔던 중국집에 들러볼 생각이었다. 어쩌면 짱깨라는 놀림을 받고 울던 그 여자아이가 가게를 물려받았을지도 모르겠다는 기대도 있었다. 하지만 시간이 애매해 차라리 공연을 보고 조개구이나 먹는 게 나을 것 같았다. 유나가 창밖으로 보이는 호수 위 오리배를 가리켰다.

그 아저씨랑 연애할 때도 저기 갔어?

그때는 저런 거 없었어.

무심코 대답한 미연은 황급히 덧붙였다.

그리고 사귄 거 아니라니까.

이곳에는 원래 아무것도 없었다. 미연이 이 도시를 떠날 즈음 신도시 청약 열기가 뜨거웠다. 미연은 미래에 대한 희망과 설렘만을 목격한 후 떠나왔다. 지금

그것은 무엇이 되었을까. 미연은 그 답을 찾기라도 하듯 창밖으로 지나가는 풍경을 눈여겨보았다. 유나가 다시금 불쑥 물어왔다.

엄마 전 남친이지?

아니라고, 그런 거. 그냥 같은 동네 사람이었지. 고등학교 이후로 만난 적도 없어.

실은 거짓말이었다. 승재는 종종 문자로 안부를 전했고, 미연은 십 년 전 승재의 첫 책이 나오고 인천에서 열렸던 낭독회에 초대되어 참석하기도 했다. 그렇다고 긴 이야기를 나누지는 않았으니 만난 적 없는 건지도 몰랐다. 유나가 말했다.

엄마가 그 아저씨랑 결혼했다면 좋았을까.

미연은 헛웃음을 지었다. 유나는 그냥 시비를 걸고 싶은 것 같았다. 사실 미연도 그 생각을 하지 않은 건 아니었다. 승재가 유나의 아빠였대도 좋은 사람이었을 거라는 걸 알 수 있으니까. 미연은 몇 번이고 내가 왜 장례식장에 갔지,라고 물었다. 거기에 가면 지금의 선택이 틀리지 않았다는 걸 알 수도 있을 거라고 생각한 걸까. 다른 사람들의 속내를 파악하려 애쓰면서도 정작 미연은 자신의 속내를 파악하지 못했다. 무얼 확인하려고 이곳에 왔을까. 미연이 아무 말도 못 하자 흥미를 잃은 유나는 휴대폰에 열중했다. 미연은 유나와 묘한 긴장감이 형성될 때마다 어떻게 대처해야 할지 몰랐다. 차라리 유나가 벌컥 화를 내는 편이 나았다.

다행히 전화가 울렸다. 미연의 엄마였다. 스피커폰으로 받자 유나가 냉큼 인사를 건넸다.

할머니, 안녕하세요.

그래, 유나도 같이 있구나.

미연의 엄마는 귀가 잘 들리지 않아서 통화를 할 때면 외치듯 말해야 했다.

할머니, 나 안 보고 싶어?

미연은 유나의 우렁찬 소리에 움찔했다.

보고 싶지.

그들의 대화에 미연도 지지 않고 큰 소리로 끼어들었다.

공연 보러 왔어. 하루 자고 갈 거야.

이때 유나가 다시 끼어들었다.

할머니, 우리 장례식장 왔어.

미연의 엄마가 놀란 듯 물었다.

누가 죽었어?

엄마 전 남친.

누구라고?

아니야, 엄마. 엄마 끊어. 다시 전화할게.

미연은 유나에게 눈을 흘겼다. 어느새 영종도로 이어지는 인천대교 요금소 앞에 이르렀다. 주말이라 차들이 길게 늘어서 있었다. 창밖을 내다보던 유나가 결심한 듯 말했다.

그 대신 난 안 갈래.

유나의 말에 미연은 어이가 없었다.

뭐가 대신이야?

지금까지 엄마랑 같이 있었잖아.

미연은 말문이 막혔다.

너 이 그룹 좋아하잖아.

이제 안 좋아해.

어제까지만 해도 좋다고 했잖아.

마치 마음이 변한 애인을 붙들듯 배신감이 들었다.

그럼 뭐 하려고. 호텔에 있을래?

미연은 달래듯 물었다.

아니, 갈 데가 있어.

유나가 주고받던 메시지와 웃으며 통화하던 모습을 떠올렸다. 무언가를 또 놓쳐버린 걸까. 현수처럼. 미연은 다급해졌다.

어떻게 하루 만에 변하니? 왜 이리 책임감이 없어.

그러는 엄마는?

유나의 되물음에 미연은 어안이 벙벙했다. 유나는 이어 말했다.

엄마, 걔는 알아.

뭘?

아빠가 아빠라는 거. 그래서 편해.

당황한 미연은 할 말을 찾았다.

한 달 전부터 예매한 거야.

미연이 생각해도 궁색한 답이었다.

팔아, 엄마.

좋은 자리야.

시시해.

그 말을 하더니 유나는 차 문을 열고 내렸다.

뭐 하는 거야. 빨리 타.

미연은 화를 억누르며 심호흡을 했다. 앞차가 빠졌다. 뒤에 서 있던 차가 경적을 울렸다. 미연은 힘주어 말했다.

당장 타.

유나가 콘서트에는 한 톨의 미련도 없다는 듯 웃어 보였다. 차 문을 세게 닫고는 몸을 돌려 그대로 뛰어가버렸다. 욕설이 쏟아지기 전에 차를 출발시켜야 했다.

요금소에 이르러서야 급히 차를 돌렸으나 유나가 보이지 않았다. 멀리 가지 못했을 것이다. 차를 몰면서 길가를 찬찬히 살폈다. 어차피 전화를 걸어도 받지 않을 걸 알면서도 계속해서 통화를 시도했다. 갓길에 차를 세우고 메시지를 보냈지만 어쩌면 당연하게도 읽지 않았다. 예전에 유나의 SNS 프로필 사진은 기분에 따라 하루에도 몇 번씩 바뀌었는데 언젠가부터 기본 설정으로 되어 있었다. 마음은커녕 표정도 읽을 수 없는 사람 모양을 뚫어져라 보고 있는데 휴대전화로 문자가 왔다. 미연의 카드로 유나가 택시비를 결제한 내역이었다. 기본요금을 넘지 않았으니 이 근방일 것이다. 유나가 갈 만한 곳을 찾아야 했다. 아까 유나가 눈여겨봤던 센트럴파크에 이르자 호수에는 아까보다 더 많은 사람이 몰려 있었다. 카드를 결제하면 미연에게 문자가 간다는 걸 유나가 모를 리 없다. 혹시나 하고 전화를 걸어보지만 받지 않았다. 또 메시지가 울렸다. 유나가 구슬 아이스크림을 두 개 결제했다. 미연은 상호로 가게 위치를 검색했다.

유나가 여덟 살 때 일이었다. 그즈음 미연은 버릇처럼 이현수, 남편의 이름을 검색했다. 방송 출연이 늘어나면서 현수의 건실하고 재치 있는 조언을 좋아하는 사람들이 많아졌다. 건강 프로그램 진행자에도 내정되었다. 현수를 칭찬하는 기사를 보는 재미가 쏠쏠했다. 현수와 미연, 유나가 함께 찍힌 인터뷰 잡지 사진도 몇 번씩 들여다보았다. 다른 사람들이 모르면 괜찮은 일이었을까. 그 일이 있고 나서 미연은 종종 생각했다. 문제는 어쩌면 현수가 꽤 유명하다는 데 있던 건 아닐까. 엄마의 말대로 결혼 생활 중에 있을 수 있는 한순간의 외도쯤으로, 둘만의 문제로 넘어갈 수도 있었던 일이었을지도 모른다. 그런데 현수의 상대가 내담자였다. 내담자는 자발적이지 않았다고 했으나 현수는 상호 합의라고 했다. 아무도 몰랐다면, 기사로 남지 않았다면 괜찮았을까. 어느 날 현수는 밤중에 돌아오더니 둘이 합의하고 소송을 취하하기로 했다고 전했다. 모든 문제가 해결됐다며 안도하는 태도에 미연은 어이가 없었다. 대체 어떤 합의를 했다는 거지. 무슨 얘기를 나눴어? 미연은 묻지 않았다.

그 일이 있고 나서 몇 년 뒤, 내담자가 미연이 근무하는 지점에 방문한 적이 있다. 미연은 만난 적 없지만 한눈에 알아봤다. 그의 SNS 계정을 몇 번이고 들여다봤으니까. 돈 앞에서는 본래 모습을 드러내는 법이니까 미연은 내심 기대했던 것 같다. 내담자는 신용 상태가 그리 좋지 않아 대출 요건을 충족하지 못했다. 대출 불가 판정을 받으면서도 내담자는 끝까지 우아하게 품위를 지켰고 미연은 왜인지 실망했다. 며칠 전에도 내담자는 글을 올렸다. 자신도 한때 우울증으로 상담을 받은 적이 있다며 잘 이겨내길 바란다고 응원하는 내용이었다. 미연은 그 한 줄에 담긴 여러 시간을 생각했다. 이 문장을 적으면서 현수와의 일을 떠올렸을까. 아니면 현수의 일로 다시 상담받은 걸까. 현수도 내담자도, 아니 이제 모두가 그들을 잊었는데 미연만 기억하고 있다는 생각이 들면 외로워졌다.

유나는 미연과 현수가 함께 웃고 있는 잡지 사진을 볼 때마다 무슨 생각을 했을까. 유나도 미연과 현수가 모두 잊어버린 것 같아서 화가 난 걸까.

너는 대체 언제까지…….

며칠 전 통화하던 현수가 하려다 멈춘 말을 미연은 알고 있었다. 억울할 만했다. 애썼으니까. 낙인과 꼬리표 때문에 괴로워하는 모습을 가까이에서 지켜봤다. 현수는 성실한 가장이었다. 미연은 본래 누구보다도 현수를 변호하고 싶었다. 어느 순간 시들해졌다. 그렇게밖에 설명할 수 없었다. 시들해졌다고. 누군가 그를 칭찬하면 비아냥거리고 싶어졌다. 모두가 다 잊은 것 같아서 불편했다. 현수의 과거를 모르느냐고 되묻고 싶어졌다. 그런 자신에게 미연도 당황했다. 그 정도의 외면과 벌은 받아야 마땅하다고 생각했고 아직 현수가 벌을 다 받지 못했다고 여겼다. 현수 입장에서는 꾸준히 빚을 갚았음에도 불구하고 올라가지 않은 신용등급처럼 불합리하고 억울한 일일 것이다.

또다시 결제 알림 문자가 왔다. 아마도 유나는 계속해서 장난치듯 결제할 모양이다. 이번에는 편의점이었다. 지점을 찾아 주소를 검색했다. 미연의 현재 위치에서 십 분 정도 떨어진 곳이다. 내비게이션을 따라가보니 편의점이 나타났다. 그 옆에는 주차장으로 보이는 곳이 있었다. 빈자리에 차를 세우고 편의점에 들어갔다. 편의점 안에 유나는 없었다. 유나의 사진이라도 꺼내 들고 이런 아이를 봤느냐고 물어봐야 하나. 혼자였는지 누군가와 같이 있었는지 캐내야 할까. 편의점 직원은 머뭇거리는 미연을 인내심 있게 기다렸다. 그러나 미연은 음료 판매대로 가서 생수 하나를 들고 와서 결제하고는 편의점을 나왔다. 미연의 차 앞에 몇 사람이 서 있었다. 그중 키가 큰 남자 하나는 미연을 보더니 물었다.

차 보러 오셨어요?

미연은 그제야 깨달았다. 미연은 주위를 둘러봤다.

중고차가 빼곡하게 늘어서 있었다. 미연은 이곳을 알고 있다. 승재의 소설 속에도 등장했던 곳. 여긴 본래 유원지였다. 바다였고, 백사장과 대관람차가 있었다.

열일곱, 고등학교 1학년이 되면서 승재가 다르게 보였다. 미연이 오히려 승재를 짝사랑하던 시절이었다. 주희에게 그 감정을 고백하기도 했다. 주희가 자꾸만 그날의 기억을 상기시키는 건 비아냥거리는 게 아니라 궁금했던 건지도 모른다. 자기가 오랜 세월 지켜본 것들이 다 어디로 사라졌는지. 승재는 1반이었고 미연은 8반이었는데 쉬는 시간이면 승재는 미연을 보러 복도 끝에서 끝까지 달려왔다가 다시 뛰어가고는 했다. 이마에는 송골송골 땀이 맺힌 채로.

승재의 수설은 본래 송도유원지였던 중고차 석지장을 방문하는 여자의 회상으로 시작했다. 여자는 어떤 남자와 송도유원지 폐장 직전에 대관람차를 탄 기억을 간직하고 있다. 이미 점검 기간이 끝난 대관람차에 오르는 여자는 겁에 질려 있었다. 관람차는 영원한 사랑을 약속하는 낙서로 지저분했다. 그 안에 남자가 그들의 이름을 새기며 말했다. 우리가 마지막으로 남기는 사람이 되는 거야. 여자는 이상한 말을 한다고 생각한다.

마치 버려진 바다 같아.

승재는 소설 끝에서 관람차 창문 너머를 뚫어지게 바라보던 여자가 그렇게 말했다고 적었다. 그날 이후로 미래를 미리 본 사람처럼 여자가 남자에게서 멀어졌다고도. 미연은 실제로 자신이 어떻게 말했는지 기억하지 못했다. 그저 해변에 서 있던 오리배를 보았다. 끝이 정해진 바다와 진짜 바다는 건널 수 없는 오리배. 해맑은 표정과 녹이 슨 몸체가 기억났다. 지금의 자신과 닮은 것 같다고 느낄 뿐.

이제 진짜 다 사라졌네.

그 모래들을 도로 섬으로 되돌려준 걸까. 바닷물은 묻은 걸까. 퍼낸 걸까. 중고차가 빼곡하게 들어서 있는 적치장을 둘러보았다. 모든 것이 이 단단한 콘크리트 밑으로 밀려나 사연 많은 차에 자리를 양보했다.

다시 알림 문자가 왔다. 이번에는 오리배를 결제했다는 명세가 도착했다. 미연은 서둘러 호수로 차를 몰았다. 선착장으로 허겁지겁 달려 내려가자 차례를 기다리고 있는 사람들 줄 중간쯤에 서 있는 유나를 발견했다. 유나 곁에 있는 사람이 누구인지 보려고 했으나 인파 틈에 섞여 잘 보이지 않았다. 미연은 가까이 다가갔다. 유나의 웃음이 낯설면서도 어딘가 익숙하다고 생각하면서.

 미연과 현수는 결혼을 앞두고 있을 무렵 현수가 알고 있는 지인의 콘서트에 갔다가 함께 무대에 불려 올라갔다. 모두의 시선이 두 사람에게 쏟아졌다. 미연은 현수가 열심히 준비한 이벤트라는 걸 알았지만 쑥스러워 도망가고 싶었다. 현수가 무릎을 꿇고 프러포즈하자 함성이 쏟아졌다. 아직 초여름이었고 콘서트장은 냉방으로 시원했는데 현수가 입고 있던 회색 티셔츠는 땀으로 흠뻑 젖어 있었다. 흘리내린 땀자국이 묘하게 스마일 모양처럼 보여 웃음이 났다. 미연이 웃자, 현수가 그제야 환히 웃었다. 땀이 흘러 이마에 찰싹 붙은 앞머리 때문에 우스꽝스러웠지만 미연은 사랑스럽다고 여겼다. 아무것도 의심하지 않았다. 그 일이 있은 후 현수는 이름을 내걸었던 병원을 정리하고 지방에 있는 친구 병원에서 일했다. 한 달에 한 번 정도 집으로 왔다. 예전이 좋았지. 현수가 가끔 중얼거렸다. 그 안에 함축된 의미를 미연은 곱씹었다. 현수가 그리워하는 예전이란 언제일까. 그 일이 있기 이전일까.

유나에게 한 발 더 가까이 다가가려는 순간 핸드백 안에서 빛이 뿜어져나왔다. 응원봉이 다시 발광하고 있었다. 미연은 자신과 같다고 여겼다. 응원하다 지쳐버렸지만 여전히 믿고 싶어 하는 마음이 혼재되어 패악을 부리듯 발광하는. 빛나던 순간을 잊지 못하고 질척대는.

미연은 몸을 돌렸다.

오늘 아침에만 해도 혼자 대교를 건너 공연장에 앉아 있으리라 상상하지 못했다. 푸른 바다 건너편에 딸을 놔두고. 꺼지지 않는 응원봉이 있어도 이상하지 않은 곳. 여기에서 유나가 돌아오기를 기다릴 수밖에 없었다.

유나는 계속해서 결제 내역 문자로 동선을 알려주고 있다. 휴대전화만 쳐다보던 미연은 함성에 놀라 고개를 들었다가 옆자리에 앉은 유나 또래로 보이는 여자아이를 훔쳐보듯 살펴봤다. 시종일관 무대에서 시선을 떼지 못하고 있다. 마치 질병과 죽음은 오지 않을 미래이고 아픔이나 배신 같은 건 세상에 없는 단어라는 듯한 눈빛으로. 유나도 저런 얼굴로 누군가를 보고 있을 것이다. 유나 말이 맞았다.

시시하다.

시시하다고. 시시하지 않은 사랑이 있는 줄 아니. 지금 너를 온통 뒤흔들어도 그런 건 사랑이 아니야,라고 미연은 말해주고 싶었다. 언젠가 후회하게 될 거라고. 그런데 그 시시한 것은 어떻게 시작되는지 알 수도 없는데 이유 없이 돌연 끝나버리기도 하고 이유가 있어도 영영 끝나지 않기도 한다고. 그 시시한 것들로부터 유나를 지키고 싶었다. 아무것도 아니라는 사실조차 모르게 하고 싶었다.

미연은 다시 휴대전화로 눈을 돌렸다. 유나의 프로필 사진이 바뀌었다는 걸 깨달았다. 포개어진 두 손. 둘 다 아직은 어린 손. 바다라도 건널 수 있을 것 같은 마음이겠지. 미연은 언제든지 바다 건너편에 있는 유나가 부르면 달려갈 수 있는 곳에 있을 생각이었다. 이런 마음은 끝나지 않을 거라고 미연은 확신했다. 미연이 상상했던 사랑의 형태에 가장 가까웠으니까.

미연은 엄마와 마지막으로 영화를 본 날을 떠올렸다. 졸업반이었던 미연이 학교에 가려던 참이었는데 엄마가 물었다.

영화 같이 볼까?

전공 수업이 있는 날이었음에도 거절하지 못한 건 엄마의 얼굴에서 무언가를 보았기 때문이었다. 그즈음 엄마가 끓인 된장찌개는 간이 맞지 않았고 침대에 종일 누워 일어나지 않기도 했다. 그날 같이 본 영화는 「노트북」이었다. 주인공들의 젊은 시절이 끝나자 영화는 지루해졌다. 치매에 걸린 여주인공의 주름진 얼굴을 보고 있자니 예쁘고 반짝거리는 청춘영화가 보고 싶어졌다. 젊은 날 사랑의 절정에 죽는 이야기, 사랑을 위해서 죽어버리는 그런 사람들이 나오는 영화가. 그러다 문득 돌아본 엄마는 스크린을 보고 있는 듯했지만 거기에 없는 사람 같았다. 스크린 불빛이 엄마의 얼굴에 어른거릴 때마다 비치는 표정은 조금 외로워 보였다. 생각해보면 그때 엄마는 지금의 미연보다 어렸다. 차이나타운에 갔지만 엄마의 짜장면은 퉁퉁 불었다. 미연도 덩달아 먹지 못했다. 서비스로 받은 군만두도 탕수육도 많이 남았지만 엄마는 그대로 일어섰다. 미연은 엄마에게 전화를 걸어 아주 큰 소리로 물어보고 싶어졌다. 그건 대체 뭐였냐고. 자신이 본 게 뭐였는지. 아무것도 아니었다고 대답할 거라는 걸 알면서도.

공연이 절정에 이르자 콘페티가 눈처럼 쏟아졌다. 모두가 일어났지만 미연은 가만히 앉아서 의지와 상관없이 발광하고 있는 응원봉을 지켜봤다. 눈이 부셔도 고개를 돌릴 수 없었다.

Entanglement

최선의 합주

김이설

오빠가 집을 나가겠다고 한 건 지난가을이었다. 오빠의 오후 출근 시간에 맞춰 늦은 아침을 먹던 중이었다. 식탁 위에는 제육볶음과 쌈 채소가 수북했다. 나는 오빠의 말을 단번에 이해하지 못했다. 오빠가 갈 데가 어디 있다고? 오빠는 경은 언니와 같이 살겠다고 했다.

"왜?"

오빠가 내 코끝을 톡, 건드렸다. 그건 오빠의 오래된 습관. 오빠는 상추에 남은 물기를 탁탁 쳐냈다.

"왜는 뭐가 왜야."

오빠는 상추 위에 깻잎을 깔았다.

"둘이 진짜 결혼하려고?"

깻잎 위에 제육볶음 고기 두 점을 올렸다.

"아파트 입주 날짜 나왔어. 이참에 식 올리재."

경은 언니가 들어두었던 청약이 당첨되었을 때 경은 언니는 송도행 막차를 탔다고 했다. 빈 땅에 철근을 세운 게 한참 전 같은데 어느새 다 지어 사람들이 들어가 살 수 있게 된 것이다. 경은 언니가 나를 데리고 한창 공사 중인 아파트 부지로 구경 갈 때마다 이런 시간이 정말 오게 될 줄은 몰랐다. 게다가 그 아파트에 오빠와 경은 언니가 살게 될 거라고는 더더군다나 예상하지 못했다. 오빠는 쌈장을 찍은 풋고추와 마늘 한 쪽을 고기 위에 쓰러지지 않게 잘 쌓았다.

"오빠는 돈 있어?"

오빠가 쌈을 동그랗게 모아 크게 벌린 입속으로 넣으려는데, 쌈을 쥔 손에서 붉은 국물이 주르륵 흘러 식탁 위로 뚝뚝 떨어졌다.

"별로."

"일단 그것부터 먹어."

오빠의 양 볼이 불룩해졌다.

"손 씻고."

오빠가 싱크대 앞으로 다가가 주방 세제로 손을 씻

었다. 제육볶음은 달고 매웠다. 다른 때라면 내가 밥과 고기와 쌈장과 마늘을 올려 단단하게 한 쌈 싸주었을 텐데 그러지 않았다. 오빠는 더 이상 쌈을 싸 먹지 않았고, 출근 시간이 많이 남았는데도 먼저 집을 나섰다. 다른 날과 달리 나는 오빠를 배웅하지 않았다.

소파에 앉아 있던 내가 번뜩 정신을 차렸을 때는 해가 다 져 거실이 껌껌했다.

오빠는 시내버스 기사로, 도시의 외곽을 순환하는 914번 버스를 운행했다. 914번은 서창동을 시작으로 만수동, 간석시장, 주안사거리, 제물포역, 도원고개, 근대문화거리, 차이나타운, 인천항까지 갔다가 가좌공단에서 회차해 다시 동북쪽을 돌아 내려오는 간선버스였다. 평일 배차 간격은 8분, 주말은 13분이었으며, 차고지 첫 출발은 새벽 4시 40분, 막차는 밤 11시였다.

나는 종종 오빠를 따라가 오빠가 운전하는 버스를 타고 도시를 뱅글뱅글 돌았다. 나고 자란 도시의 풍경은 늘 같으면서도 매번 달랐다. 새벽의 텅 빈 거리나 대낮의 사람 북적이는 시장통, 퇴근 시간에 빡빡하게 밀린 자동차들의 붉은 후미등과 특히 새벽 첫차에 오르는 사람들을 구경하는 게 좋았다. 첫차를 타는 사람들은 주로 큰 병원에 가기 위해 더 큰 도시로 가는 사람들이라 했다. 아니면 큰 시장에 가는 사람들이거나 큰 건물에 청소하러 가는 사람들. 그럼 나도 무언가 큰 것과 연관이 있는 사람이 된 것 같아서 오빠를 따라나선 것이 잘한 일 같았다.

오빠를 처음 만난 건 아홉 살, 여름방학이 시작된 첫날이었다. 엄마가 국수를 삶느라 찜통 같은 집 안이 더 펄펄 끓는 중이었다. 아빠가 키가 크고 비쩍 마른 오빠를 데리고 집으로 들어섰다. 그 순간 나는 이제부터 오빠와 함께 살게 되겠다는 걸 알아챘다. 처음 본 오빠였지만 동그란 눈, 짙은 눈썹, 그림자가 깊은 옆모습까지 아빠를 너무 닮았기 때문이었다. 엄마는 다소 과장된 목소리로 오빠를 환대했고, 아빠는 조금 긴장한 채 오빠를 내 앞으로 슬쩍 밀었다.

"오빠가 우리 유현이한테 줄 게 있다는데?"

오빠가 쑥 내민 건 비닐 포장에 담긴 여덟 개들이 스펀지 컵케이크였다. 나는 종종종 달려가 낚아채듯 컵케이크를 받아들었다. 오빠와 눈이 마주쳐서 내가 빤히 쳐다봤는데 오빠는 굳은 표정을 풀지 않았다. 어쩐지 잔뜩 골이 나 있었다. 그날뿐만이 아니었다. 함께 사는 동안 오빠는 말수가 별로 없는 데다가 잘 웃지도 않았다. 발걸음 소리도 들리지 않아 들고 나는 것도 잘 드러나지 않았다.

오빠가 처음 집을 나간 건 그다음 해 봄, 오빠가 중학교 2학년 때였는데, 하루짜리 외박이었다. 친구네에서 자고 왔다고 했다. 친구 누구냐고 물어보는 아빠의 질문에 오빠는 입을 꾹 다물었다. 친구 집에 가기 전에 미리 말만 해달라는 아빠의 요청을 오빠는 한 번도 실천하지 않았다. 하룻밤 외박이 반복되더니 외박 일수가 이틀, 사흘, 며칠로 늘어나기는 어렵지 않았다. 곧 일주일짜리 무단결석이 보름을 넘겼다. 사라진 지 한 달, 반년, 몇 년으로 이어지는 사이, 오빠는 원래 없던 사람처럼 되었다.

오빠의 가출 때문에 엄마와 아빠가 골머리 앓는 걸 보면서 나는 자연스럽게 오빠가 엄마와 아빠 사이의 아들이 아니라는 걸 알게 되었다. 짐작은 했던 일이라

크게 놀라지는 않았다.

가정이 있던 아빠가 미혼의 엄마와 부적절한 관계였고(아빠 나쁜 새끼), 그 사이에서 내가 태어났고(불쌍한 운명의 나), 그래서 아빠는 오빠의 친엄마와 헤어지게 되었으며(그 아줌마는 무슨 죄), 친엄마와 살던 오빠는 친엄마가 다른 남자와 살게 되면서 친엄마와 같이 살지 못하게 되었고(오빠도 참 측은하고), 아빠가 오빠를 데리고 와 우리와 함께 살게 되었는데(엄마 입장도 참 쉽지 않았겠음), 오빠는 이제까지의 과정이 힘들었을 테니 새 환경에 적응을 잘 못했던(당연하지) 것이다.

어느 밤인가, 어두운 공터 구석에서 우리 집을 올려다보며 담배를 피우던 오빠를 본 적이 있었다. 빌라촌의 공터란 아무렇게나 버려진 대형 재활용 쓰레기가 쌓여 있고, 고양이들이 무리를 지어 웅크리고 있거나 동네 남자들이 맨발에 슬리퍼를 신고 나와 침을 뱉어가며 담배를 피우는 곳이었다. 나는 쪼그려 앉은 뒷모습만 보고도 오빠라는 걸 단번에 알아봤다. 하지만 나는 못 본 척 오빠를 지나쳐 집으로 들어갔다. 그날 오빠는 집으로 돌아오지 않았고, 열어놓은 창으로는 밤늦도록 담배 냄새가 희미하게 맡아졌다.

엄마와 아빠는 자신들이 할 수 있는 건 결국 기다리는 것밖에 없다는 걸 오래지 않아 깨달았다. 어릴 적의 나는 엄마 아빠의 그런 태도가 포기나 체념이라고 생각했는데, 공터에서 오빠의 뒷모습을 본 뒤로는 모든 건 어쩔 수 없는 일이며 모두 최선을 다하고 있다는 걸 알게 되었다. 나는 모두 납득했다.

오빠가 다시 집으로 들어온 건 아빠의 장례를 치른 후였다. 마지막으로 오빠를 본 것은 내가 대학교에 입학하던 해였으니 칠 년 만이었다. 오빠는 삼십 대 초반이 되어 있었다. 그동안 어디서 무엇을 하며 어떻게 살았는지 몰랐지만 엄마와 나는 오빠를 마다하지 않았다. 사흘간의 아빠의 장례식 동안 엄마와 나는 장례식장에 얼씬도 못 했기 때문이다. 아빠의 병구완을 한 건 엄마와 나인데, 어디 감히,라는 말로 아빠 집안사람들에게 사람 취급을 못 받았다. 오빠가 그걸 보았기 때문에 엄마와 나에게 돌아왔다고 생각했다.

어색하고 낯선 동거가 시작되었지만 누구도 표 내

지 않았다. 일주일 정도 집에만 틀어박혀 있던 오빠는 불쑥 외출을 하고 오더니 다음 날부터 하루걸러 출근을 하기 시작했다. 시내버스 운전사가 되었다고 했다. 오빠는 월급을 모두 엄마에게 건넸다. 술, 담배, 약물, 도박, 뭐든 나쁜 건 하나도 하지 않았다. 사귀는 사람도 없었고, 만나는 친구도 없었고, 키우거나 돌보는 것도 없었다. 오빠는 오로지 버스 운전과 집밖에 모르는 사람으로 살기 시작했다.

엄마가 세상을 떠난 지 사 년이 되었으니, 오빠와 단둘이 살고 있는 것도 사 년째였다. 평생을 같이 살 거라고는 생각하지 않았지만 오빠가 정말 집을 떠날 거라고 생각해본 적도 없었던 터라, 나는 몹시 당황했다. 그럼 나는 다시 일을 해야 하는 걸까. 그건 정말 싫은데.

*

오빠가 집을 나가겠다고 말한 다음 날은 월요일이어서 주민센터로 리코더 수업을 가는 날이었다. 하지만 나는 방에 틀어박혀 꼼짝도 안 했다. 오빠와 마주치기 싫어서였다. 수업 한 시간 전쯤 리코더 강사에게 문자가 도착했다.

—오늘 출석하시죠? 꼭 오셔야 해요.

공연 때문이었다. 스무 명 정원으로 시작했는데, 한두 명씩 빠지더니 이제 아홉 명밖에 남지 않았다. 연말에 평생교육축제에 올릴 공연을 위해 더 이상 결원은 안 된다며 얼마 전부터 강사가 일일이 출결을 챙겼다. 나는 곧바로 답변을 보냈다.

—컨디션이 별로여서 못 갈 듯합니다.

—알겠습니다. 산책하기 좋은 날씨네요. 건강 잘 챙기세요. 다음 주에는 꼭 뵈어요.

친절하고 다정한 말투였다. 나는 더 이상 친절한 사람을 믿지 않는다. 나를 잘 아는 것처럼 대하는 사람도 믿고 싶지 않다. 믿음을 믿음으로 돌려주는 사람은 흔치 않았다. 그렇다면 경은 언니는 어떤 사람일까. 나의 믿음을 믿음으로 돌려주는 사람일까.

경은 언니를 만난 무렵의 나는 매일 공공기관을 찾아다니면서 무료 수업을 듣고 있었다. 경은 언니도 수업에서 처음 만났다. 주민센터나 구청, 시청, 도서관, 미술관, 박물관에서 열리는 시민 대상의 강좌는 많았고 프로그램도 다양했다. 요가와 서예를 시작으로 수채화, 한국화, 어반 스케치, 페이퍼글라스 아트, 마크라메, 라탄 공예, 캘리그래피, 타로 카드, 색채심리상담, 천연 아로마 오일 DIY, 정리 수납, 커피 핸드드립, 우쿨렐레, 심지어는 챗GPT 따라 쓰기도 등록해 일주일을 빼곡히 채웠다. 쉴 틈을 주지 않았다. 그렇게라도 밖으로 나갈 일을 만들지 않으면 하루 종일 집에만 있게 되어 끝 간 데 없는 우울과 무기력에 빠지기 때문이었다.

두 시간 동안 파스텔 톤 야생화를 수놓은 날이었다. 수업을 끝내고 경은 언니와 같이 올라탄 914번은 마침 오빠가 운전하는 버스였다. 나랑 경은 언니는 이인용 자리에 앉아 속닥였다.

"언니, 운전기사 얼굴 봤어요?"

"아니?"

"되게 잘생겼어요."

"그래? 그걸 또 언제 봤어?"

"너무 잘생겨서 확 띄던데?"

"그 정도야?"

경은 언니가 운전기사를 보기 위해 고개를 빼들고 좌우로 움직였다. 그렇다고 오빠 얼굴이 보일 리 없었다. 경은 언니가 벌떡 일어나더니 앞으로 걸어나갔다. 승객들이 모두 경은 언니를 주목했다. 경은 언니는 아랑곳하지 않고 운전석까지 다가가 오빠 얼굴을 한번 살펴보고 다시 자리로 돌아왔다.

"거짓말쟁이."

경은 언니가 내 어깨를 퍽 때렸다. 나는 킬킬거리며 정말 잘생겼는데 왜 그러냐고, 다시 봐보라고, 언니 눈이 삔 거라고 했다. 경은 언니는 웃느라 두 눈이 꾹 감겼다. 나는 그게 그렇게 귀여웠다.

경은 언니는 건강상의 이유로 휴직 중이라고 했다. 휴직 중. 취업 준비나 구직, 백수라는 말보다 훨씬 우아했다. 나도 남들이 물어보면 그렇게 대답해야겠다는 걸 그때 배웠다. 아무튼 경은 언니는 휴직 기간이 끝나면 사표를 내고 작은 공방을 차려볼까 구상 중이라고 했다.

나는 오빠가 비번인 날에만 경은 언니를 집으로 부르곤 했다. 경은 언니는 나처럼 매일매일 다른 수업을 들으러 다니는 사람이 아니었다. 인천 사람도 아니어서 연고도 없었다. 대체로 심심하고 대체로 한적한 사람이어서 내가 오라 하면 한 번도 거절하지 않았다.

집에서의 오빠는 멍하게 텔레비전을 보는 것이 전부였는데 경은 언니가 오는 날이면 정신을 번쩍 차리고 바른 자세로 앉아 경은 언니가 사 온 컵케이크를 같이 먹었다. 경은 언니는 소문난 카페나 유명한 빵집을 들러 다양하고 특이한 컵케이크를 사 왔기 때문에 매번 다른 컵케이크를 먹을 수 있었다. 우리는 시식단처럼 품평하는 재미를 즐겼다.

"빵이 너무 뻑뻑해. 그래도 과일 토핑은 신선하니까 85점."

"이건 컵케이크가 아니라 대접케이크 아냐? 하나 다 먹었다가는 물리겠어. 그래도 맛있으니까 90점."

"이거 먹어봤어? 와, 버터 맛이 너무 느끼해. 50점도 아깝다, 그렇지?"

그래봤자 오빠와 경은 언니는 결국 초콜릿 맛이 강

한 것에 가장 높은 점수를 줬다.

"뭐야, 둘이 입맛도 같아?"

그럼 오빠가 내 코끝을 톡, 치고는 이상한 말 하지 말라 했고, 그 말에 경은 언니는 여지없이 두 눈이 꾹 감기게 웃었다.

컵케이크를 먹을 때는 꼭 아이스커피를 마셨는데, 오빠도 나도 경은 언니도 모두 아이스커피를 좋아하는 사람들이어서 나는 오빠와 나와 경은 언니가 잘 맞는 사람들이라는 생각을 하곤 했다.

컵케이크 품평회를 마치면 경은 언니는 주로 내 방에서 그동안 내가 수많은 수업을 들으며 만들어낸 예쁘지만 쓸모없는 결과물을 구경했다. 예를 들면 모과나 목련을 그린 수채화, 연필 선이 뭉개진 아그리파나 줄리앙 드로잉, 양말 인형부터 키링, 책갈피, 쿠션, 담요 등 그 수를 헤아릴 수가 없었다. 그런 것들을 하나하나 꺼내 느릿느릿 구경하다가 저녁까지 해 먹고 나서야 언니는 자기 집으로 돌아갔다. 물론 저녁도 오빠와 나와 경은 언니가 같이 먹었다. 가끔은 차이나타운에 가서 짜장면이나 짬뽕을 먹기도 했다. 그럴 때면 오빠는 꼭 탕수육이나 양장피, 유산슬 같은 요리를 하나 더 주문했다. 그러면 마치 셋이 한 식구 같아서 나는 다른 날보다 더 먹었고, 자기 전에 꼭 부채표 까스활명수를 먹어야 했다.

 나를 빼고 둘이 따로 만난다는 걸 알게 된 건 올해 초였다. 경은 언니가 공방을 차릴 무렵이었다. 오빠가 이제부터 월급을 자기가 관리하겠다고 할 때 눈치를 챘다. 그래, 오빠와 나는 남매지만 오빠와 경은 언니는 연인이니까. 부부가 될 수도 있으니까. 부부가 되면 더 좋을 테니까. 하지만 썩 유쾌하지는 않았다. 그런데 정말 둘이 결혼한다니까 기분이 퍽 나빠진 것이다. 나는 부모가 없고, 그래서 나에게 오빠는 부모나 마찬가지인데, 이제 오빠 없이 나 혼자 살아가라니. 무엇보다도 이런 중요한 사안은 셋이 모인 자리에서 공식적으로 이야기했어야 하지 않나?
 동생아, 우리 둘은 결혼을 하기로 했단다. 허락해다오.
 유현 씨, 나도 석현 씨와 유현 씨의 가족이 되고 싶

어요. 허락해줄 거죠?

 그럼 내가 허락을 안 해줄 것도 아닌데. 오빠와 경은 언니가 나를 옹졸한 사람으로 만들었다. 내가 아무리 융통성 없는 사람이고, 주변 사람들이 귀찮아하는 늦된 사람인 데다가 눈치도 없다는 이야기를 목전에서 듣기도 하지만, 나도 친구가 있었고, 가족이 있었고, 학교도 다녔고, 일도 했었고…… 회사를 다녔던 생각을 하니 기분이 더 나빠졌다. 기분이 나빠지니 심장이 빨리 뛰기 시작했다. 쿵, 쿵, 쿵. 한동안 괜찮았는데. 식탁 위의 약 바구니를 뒤지는데 경은 언니에게 전화가 걸려왔다. 나는 진정제를 삼키고 전화를 받았다.

 ―뭐 하고 있었어?
 ―약 먹었어.
 ―어디 아파? 맞아, 오늘 리코더 가는 날이잖아?
 ―우리 오빠가 그만 다니래.
 ―왜?

 다시 심장이 쿵쿵 쿵쿵. 나는 숨을 크게 몰아쉬고 경은 언니에게 물었다.

최선의 합주

—언니는 우리 오빠가 왜 좋아? 착해서?

—잘생겼잖아. 잘생겨서 소개해준 거 아니었어?

—맞아, 우리 오빠 잘생겼지.

—그럼 됐지.

—언니, 우리 오빠 버리면 안 돼.

이런 말을 하려는 게 아니었는데. 왜 나만 따돌리고 너희들끼리 정했냐고, 나 혼자 심심해서 어떻게 사느냐고, 너희만 재미있으면 다냐고 떼쓰려 했는데 오빠 잘생긴 이야기나 하고.

—언니네 엄마도 우리 오빠 좋아하나?

—잘생겨서 좋대.

—우아, 기승전외모?

—세상은 그런 거야.

오빠와 경은 언니가 같이 살게 되면 경은 언니 엄마는 혼자 살게 되는 거냐고 물으려다가, 입을 다물었다. 경은 언니 엄마는 만나는 아저씨가 있다고 했다. 그럼 경은 언니는 자기 엄마와 헤어지는 걸 바라겠구나. 그럼 나도 애인을 구해야 하나. 그래야 오빠가 마음이 편할까. 그나저나 오빠는 내가 혼자가 되는 걸 걱정도 안 하나? 괘씸하네.

—언니, 우리 오빠 혼내.

—잘생겨서 못 혼내는데. 근데 왜?

—언니만 좋아하잖아. 혼자 남는 내 걱정은 안 하고.

경은 언니는 한동안 아무 말도 안 하더니, 같이 점심 먹자며 공방으로 나오라고 했다. 나는 뭐 먹을 거냐고 물었다. 경은 언니는 떡볶이?라고 말끝을 올렸다.

—딱 기다려.

나는 분모자를 추가하고 마라로제로 먹자고, 튀김이랑 순대도 먹자고 했다. 간도 먹겠다고 해야지. 어쩐지 마음이 풀려버렸다. 떡볶이 때문인지 경은 언니 공방으로 가는 길이 산책처럼 여겨졌기 때문인지는 정확히 구분하기 어려웠다.

*

리코더 공연은 총 세 곡으로 정해졌다. 「캐논」과 「오버 더 레인보우」, 영화 「시네마 천국」의 「러브 테마」. 11월 말의 공연까지는 두어 달이 남아 있었다. 강사의 친절한 문자를 받는 게 부담스러워서 나는 꼬박꼬박 출석해 합주에 응했다.

리코더반만 바빠진 건 아니었다. 플라워 클래스에서도 전시 준비를 해야 했는데, 한 사람당 두 작품씩 제출해, 총 사십 개의 작품을 도서관 로비에 전시한다고 했다. 두 달이면 많이 남은 것 같았으나, 일주일에 한 번 모임이었으니 전시 전에 만날 수 있는 횟수는 여섯 번뿐이었다. 전시 테마를 잡고, 작품 기획과 스케치, 꽃 결정과 소재 준비 등을 하는 데 넉넉한 시간은 아니었다.

나만 바쁜 게 아니라 경은 언니도 바빠진 모양이었다. 도서관이나 구청, 주민센터에 다녀오는 길에 경은 언니의 공방에 들르곤 했는데 공방은 매번 닫혀 있었다. 전화해보면 경은 언니는 마사지를 받고 있거나 아웃렛에 있거나 인테리어 박람회에 있다고 했다. 오빠는 전화하면 매번 운전 중이니 나중에 전화하겠다는 문자만 보내왔다.

나는 집에서 혼자 보내는 날이 많아졌다. 혼자라는 생각이 들면 벌떡 일어나 어떻게든 움직였다. 온 집

안을 손걸레질한다든가, 커튼이라는 커튼을 모조리 빤다든가, 하루에 김치 네 가지를 담근 날도 있었다. 그래도 할 것이 없으면 리코더를 연습하거나 우쿨렐레를 꺼내 먼지를 털거나 종이를 펼쳐두고 먹을 갈았다. 그것마저도 지겨워지면 경은 언니와 꺼내보던 예쁘지만 쓸모없는 것들을 하나씩 다시 정리했다.

오후에 퇴근한 오빠는 경은 언니와 함께 집으로 들어섰다. 둘에게서 고소한 기름 냄새가 났다. 경은 언니의 손에는 효성부침개 봉지가 들려 있었다. 오빠가 좋아하는 모둠전을 사 온 모양이었다. 나는 저녁으로 콩나물김칫국에 무조림을 해놓았는데. 오빠는 씻겠다며 욕실로 들어갔고, 경은 언니는 부엌으로 들어섰다. 이제는 자기 집처럼 척척 접시를 펼치고, 가위와 컵을 꺼내고, 냉장고 문을 활짝 열어젖혔다. 그러고 보니 요즘엔 컵케이크를 사 오지 않았다. 오빠 말대로 경은 언니는 손님이 아니라 식구이기 때문이라 생각했지만 서운한 건 어쩔 수 없었다.

커다란 접시에 깻잎전과 고추전, 동태전과 동그랑

땡, 해물파전과 녹두전이 수북하게 차려졌다. 경은 언니는 소주와 맥주를 꺼냈다. 잔은 세 개. 경은 언니는 오빠와 나에게 소맥을, 자기 잔에는 보리차를 따랐다. 색깔은 모두 같았다.

오빠는 할 말이 있다고 했다. 오빠의 용건은 간단했다. 엄마 아빠가 물려준, 오빠와 나의 명의로 된, 오빠와 내가 살고 있는, 다섯 세대가 살고 있는 빌라를 담보로 대출을 받겠다. 안 내키면 집을 팔아 반씩 나누는 것도 한 방법이다. 어떡할래?

반씩 나누는 방법은 백번 천번 생각해도 손해였다. 구도심인 데다 재개발 지역에서도 제외된 빌라촌의 오래된 2층 다세대 빌라였다. 이걸 팔아봤자 아파트 전세도 힘들 텐데. 그런데 반을 또 나눈다? 술은 점점 줄어들고 전은 그대로 식어갔다. 경은 언니가 먹으라고 한마디 해주면 못 이기는 척 두어 점 집어 먹을 텐데. 대답을 해야만 뭔가 먹을 수 있는 분위기였다. 오빠의 제안이 불합리하거나 억지는 아니었다. 나에게 손해가 가는 것도 아니었다. 그렇다고 섣불리 대답할 수도 없었다. 타협점을 찾기 위해 오빠에게 물었다.

"월세는?"

오빠가 경은 언니를 쳐다봤다. 경은 언니가 오빠의 귀에 대고 속삭였다.

"월세도 나누자. 우리도 은행 이자 나가야 하니까. 그리고."

오빠가 말을 이었다. 나는 술잔을 내려놓고 오빠를 쳐다봤다.

"이제 그 시절에서 나와."

그 이야기는 하면 안 되는데. 오빠가 사라졌던 시절에 대해 나는 아무것도 묻지 않았잖아. 그럼 오빠도 꺼내면 안 되는 이야기인데. 나와 오빠가 경은 언니에게 우리를 만나기 전에는 어떤 사람이었는지 안 물어봤던 것처럼 오빠도 꺼내면 안 되는 이야기인데. 오빠의 반칙이었다. 나는 오빠를 노려보았다.

"너도 너의 궁리를 해야지."

일을 안 한 지 삼 년이 넘어가고 있었다. 돈을 안 벌었기 때문에 최대한 소비를 절제했다. 쓴 돈이라곤 강의를 들으러 다니는 차비 정도. 그래서 오빠 월급으로 살아갈 수 있었다. 살아졌다. 이제는 그렇게 살지 말라는 뜻이다. 그런데 그 이야기를 굳이 경은 언니 앞에서 할 것까지는 없잖아.

"오빠도 변하네."

"그럼 변해야지. 세상은 매일매일 변하고 바뀌는데 계속 똑같은 사람으로 살면, 안 변하는 사람만 이상한 사람이 돼."

경은 언니가 슬그머니 자리에서 일어나 거실 창을 열었다. 나는 젓가락을 들어 녹두전을 입에 넣었다. 곧추세웠던 허리도 의자 등받이에 기댔다. 오빠가 내 눈을 똑바로 쳐다보더니 다시 말을 이었다.

"쓸데없는 거에 그만 공들이고. 삼 년이면 충분히 멀리 왔잖아."

"오빠가 어떻게 알아?"

오빠가 내 코끝을 건드리려고 팔을 뻗었다. 나는 고개를 홱 돌렸다. 나는 이제 아홉 살도, 여고생도, 이십대도 아니었다.

빌라 옆 골목에 주차된 승용차에 올라타는 낯선 여자와 오빠를 보았던 건 중학교에 막 입학한 무렵이었다. 3월인데도 호되게 추워 코끝이 얼얼하던 귀갓길이었다. 오빠를 이끄는 낯선 여자가 오빠의 친엄마라는 건 단번에 알 수 있었다. 낯선 여자의 얼굴에 오빠의 얼굴이 그대로 담겨 있었다. 그날 자정이 다 되어 귀가한 오빠는 교복을 벗어두고 집을 나갔다. 그때의 오빠는 열아홉 살이었는데, 다시 집에 돌아온 건 군대 가기 전인 스물두 살 때였다.

집을 나갔던 오빠가 돌아올 때는 항상 컵케이크를 사 왔다. 거지 몰골일 때도, 잘 차려입었거나 군복을 입었을 때도, 술에 취해 있어도, 엄마 아빠 몰래 집에 들를 때도, 캐리어를 끌고 마지막으로 돌아온 날에도 꼭 컵케이크를 내밀었다.

아홉 살의 나는 키가 크고 삐쩍 마른 열네 살의 오빠를 좋아했다. 처음 보았던 날부터, 나에게 컵케이크를 내민 순간부터, 내 시선을 피하지 않았던 그 찰나부터. 갑자기 생긴 오빠가 어쩐지 큰 선물 같았다. 오빠 방문을 빼꼼히 열고 기웃거리면 오빠는 나를 한 번 쳐다보고는 가타부타 말없이 자기 할 일을 계속했다. 숙제를 할 때도 있었고, 만화책을 보거나 라디오로 음악을 듣거나 침대에 누워 멍하게 천장을 바라볼 때도 있었고, 벽을 향해 웅크려 자고 있을 때도 있었다. 그럼 나는 오빠의 침대에 앉아, 오빠의 책상 의자에 앉아, 그도 아니면 방바닥에 앉아 오빠를 오래 올려다보곤 했다. 언젠가부터 오빠는 그런 나와 눈이 마주치면 손가락으로 코끝을 톡, 건드렸다.

아버지가 죽고 덩그러니 엄마와 나 둘만 남았을 때, 오빠가 같이 살겠다며 집으로 들어오겠다고 했을 때, 엄마는 주저해도 나는 주저하지 않았다. 나는 확신했다. 오빠가 돌아온 이유는 나 때문이었다. 내가 오빠를 기다려온 걸 오빠도 알고 있었다는 사실을 나는 의심하지 않았다.

코끝을 치려던 손을 거둔 오빠가 당황해하며 나를 쳐다봤다. 오빠 옆에 앉은 경은 언니가 오빠의 팔을 쓰다듬었다. 세상에 일 안 하는 사람이 하나쯤 있어도 되는 거 아니냐고 억지를 부리고 싶었지만 경은 언니가 있어서 그 말은 참았다. 나는 전을 마저 먹기 시작했다. 술 한 모금, 전 한 점, 술 한 모금, 전 한 점. 어느

새 경은 언니가 슬그머니 젓가락을 들었다. 오빠도 다시 술을 마시기 시작했다. 식탁에 둘러앉은 셋은 술을 마시고 전을 집어 먹었다. 아무 말 없이. 오로지 젓가락이 그릇에 부딪히는 소리와 빈 잔에 술 따르는 소리만 들렸다. 그날의 오빠와 나와 경은 언니는 모두 남 같았다.

*

 늦가을이라는 계절에 맞게 채도가 낮은 색감으로 꽃을 잡자며 강사가 들고 온 꽃들은 주로 베이지색, 갈색, 노란색, 주황색, 자주색과 보라색이었다. 투명 유리 화기에 가장 커다란 자주색 수국을 하단에 배치한 후 썸머라일락, 아스트란시아, 데이지, 강아지풀, 앵무새풀로 차분하고 부드러운 느낌이 나도록 연출했다. 해바라기나 카네이션, 벨벳리프를 이용한 사람들도 있었는데 나는 해바라기를 좋아하지 않아 수국을 중심선으로 잡았더니 무게감이 도드라졌다. 강사가 유니크하다고 말해주어서 기분이 무척 좋았다.

목요일 영어회화 시간의 수강생들은 대체로 중장년층이 많았다. 젊은 사람은 나와 내 또래로 보이는 남자 한 명이 전부였는데, 항상 맨 늦게 강의실에 들어와 맨 먼저 나가는 사람이어서 얼굴을 제대로 본 적은 없었다. 수업은 주로 강사의 자기 자랑 30프로, 자기의 미국 생활 이야기 30프로, 교재 따라 읽기 30프로, 교재 빈칸 채우기 10프로로 이루어졌다. 강의가 종료될 때 진행하는 강의 평가에 나는 강사 자질이 적절하지 않음으로 체크할 참이었다.

그림으로 읽는 세계사는 금요일마다 미술관에서 열리는 수업이었다. 노년의 남자 강사는 텔레비전에도 가끔 출연하는, 나름 유명한 교수여서 그런지 언변이 아주 유창했다. 수강생들은 매시간 강사가 출간한 책을 들고 와 사인을 받아갔다. 나는 주로 강의실의 오른쪽 맨 뒤에 앉아 수업을 들었는데 정원이 오십 명인 대형 강의여서 가끔 잠을 자도 덜 민망했다.

리코더 연습은 생각보다 쉽지 않았다. 아홉 명이 같은 소리를 낼 때도 있고 화음을 넣을 때도 있는데 언제나 이탈하는 소리가 있었다. 때로는 소리가 부족하기도 했다. 누군가 소리를 내지 않는 사람이 있다며 강사는 한 명씩 따로 불러보게도 했다. 하지만 개인 연습을 할 때는 한 명 한 명 제소리를 다 내던 사람들이 합주만 들어가면 소리가 비어서 강사가 짜증을 내곤 했다.

화요일 도서관 봉사 시간에는 사서 선생이 부탁한 대로 파본 수리를 했다. 주로 하드커버 그림책이 많았는데, 겉표지와 속지 연결 부분을 커터칼로 깔끔하게 정리한 다음, 표지와 속지를 분리하고, 책등에 홈을 만들어 제본실을 넣고 본드를 발라 세양사를 붙인 후 면지에 속지를 붙이는 과정을 반복했다. 오전 내내 본드 냄새에 머리가 빙빙 돌았다. 나는 속이 울렁거리고 머리가 아파 이제 그만 가봐도 좋다는 말을 해주기만을 바랐는데, 사서 선생은 오후에도 할 일이 없으면 시간을 더 내줄 수 있는지 물었다. 오후에 약속이 있어 안 된다고 거짓말을 하고 도서관을 탈출했다.

집으로 돌아가는 길에 나는 생각했다. 일주일이 이렇게 꽉꽉 차 있는데, 이게 왜 쓸데없는 일일까. 생산적이고 실용적이며 지적인 데다 아름답고, 심지어 공익을 위한 일이 왜 쓸데없는 일이 되어야 하는 걸까. 저기 914번이 오고 있었다. 나도 모르게 오빠가 운전하는 버스면 좋겠다는 생각을 하며 슬쩍 손을 올렸다.

*

쓸데가 없든 쓸모가 없든, 중요한 건 돈을 벌 수 있는 일은 아니라는 것이다. 혼자 살아갈 궁리를 하라는 오빠의 말이 무슨 의미인지 잘 알았다. 이제는 오빠가 나를 책임지지 않겠다는 뜻이고, 나의 보호자가 아니라는 뜻이며, 오빠에게 손을 내밀지 말라는 뜻이다. 그럼 대체 무슨 일을 해야 하지? 나는 914번 버스에 앉아 골몰했다. 버스는 제물포역을 지나가고 있었다. 제물포역에는 내가 졸업한 대학교가 있었다.

어느 해였던가. 졸업한 대학교에서 나를 초대한 적이 있었다. 스무 살 아이들에게 선배들의 직장 생활을 들려주는 자리였다. 나는 이 도시의 공기업에 다니고 있었고, 경영본부의 EGS경영실 입사 사 년 차 대리로서, 사내벤처사업과 행정 서무, 분임 보안을 담당하고 있었다. 그때까지만 해도 나는 목소리가 컸고, 허리가 꼿꼿했으며, 과 동기들 중에서 가장 좋은 직장을 다니는 사람이었다.

그런데 지금의 나는 그 시절에 대해서 아주 간헐적인 기억만 할 수 있는 사람이 돼버렸다. 스물다섯 살에 입사해 서른두 살에 퇴사했다는 사실과 사람들로부터 배제되었다는 감각과 결국 내가 버티지 못해 스스로 뛰쳐나왔다는 열패감만 또렷할 뿐이다. 그렇다면 나는 오빠 말대로 충분히 멀리 도망친 것이 맞았다.

사실은 기억하고 싶지 않아 잊게 된 그 시절 때문에 나는 여전히 심장이 두근거리고, 병원에 다니고, 약을 먹고, 자꾸 떠오르려는 기억을 외면하느라 애쓴다. 그래도 기억이 날까봐 그 시절이 없었던 척, 그 시절의 나를 모르는 척, 그 시절의 내 주변 사람들이 안 떠오르는 척 연기한다. 스스로를 잘 속여서 나조차도 깜빡 속아 넘어갔다고 생각했는데.

제물포역을 지나면 차이나타운이 나오고, 조금만 더 가면 인천항이 나온다. 집까지 가려면 온 거리만큼 더 가야 했지만 나는 버스에서 내렸다. 다시는 오지 않을 줄 알았는데. 버스가 떠나자 넓고 납작한 항만의 뻥 뚫린 풍경이 한눈에 들어찼다. 바람이 거셌다.

원래 인천은 유난히 바람이 찬 곳이라고 했다. 그걸 말해준 건 경은 언니였는데, 경은 언니는 여기저기 다른 도시에서도 살아봤기 때문에 이 도시가 다른 도시와 얼마나 다른지 잘 안다고 했다.
"다른 것과 좋은 건 다르잖아."
"나한테는 좋다는 뜻이야."
"인천이 좋아?"
"이제는 좋아졌어."
"나랑 우리 오빠를 만나서 좋아진 건가?"
"글쎄?"
나는 당연히 그렇다고 대답할 줄 알았는데 글쎄라고 말을 흐려서 조금 놀랐다. 경은 언니는 친한 사이라고 생각하면 한 발짝 뒤로 물러서고, 어? 아닌가? 싶으면 어느새 찰싹 붙어 팔짱을 끼는 사람이었다. 하지만 중요한 건 늘 옆에 있어주었다는 것이다. 옆에 있기만 하면 충분했다. 이야기는 내가 하면 되니까. 그래서 나는 오빠에 대한 이야기, 엄마와 아빠에 관한 이야기를 했고 경은 언니는 성실히 들어주었다. 회사 이야기를 했어도 곧잘 들어주었겠지. 경은 언니는 마음이 변했다고, 입장이 바뀌었다고 내 이야기를 안 듣거나 안 믿는 사람은 아니었다.

경은 언니의 공방 이름은 은경공방이었다. 자수 공방으로, 주로 소규모 클래스를 열거나 외부 센터에서 강의를 했다. 체험 키트를 만들어 인터넷 판매도 하고, 손수 수놓은 작품들을 판매하기도 했다. 공방을 차린 건 일 년이 조금 안 되었는데 나는 은경공방에 손님이 오는 걸 본 적이 없었다. 그래도 경은 언니는 언제나 평온한 얼굴로 자수를 놓았다. 마치 천직인 사람처럼 보였다. 경은 언니도 이 도시에 오기 전에는 무슨 일을 했는지 기억나지 않는다고 했다. 그래서 나는 경은 언니를 믿었다. 경은 언니도 나처럼 그런 시절을 품은 사람이었다.

나는 다른 사람의 입장에서 생각하는 걸 아주 잘했다. 엄마의 입장에서 생각하고, 오빠의 입장에서 생각하고, 경은 언니의 입장에서 생각하고, 리코더 강사 입장에서 생각하고, 플로리스트 강사 입장에서 생각하고. 그럼 이해 못 할 것이 없었다. 하지만 결국, 끝끝내, 이해 못 할 사람들도 있었는데 나는 그들에 대한 기억을 잊어버렸다고 착각해야 하니까 이해하지 않아도 괜찮았다. 그런데 왜 사람들은 나를 이상하거나, 늦거나, 유난히 예민하거나, 뜻밖에 아무것도 모르는 사람으로 대했던 걸까. 곰곰 생각해보면 사실 그 사람들이 이해도 되었다. 이해가 되어서 괴로웠고, 잊고 싶었던 시절이 된 것이지만.

그래서 나는 일을 구하기로 했다. 오빠와 경은 언니의 입장을 아니까. 수긍하니까. 존중하니까.

존중은 경은 언니가 먼저였다. 사람들이 나에게 말을 안 붙일 때 경은 언니가 먼저 인사를 건네주었다. 나 혼자 멀찍이 앉아 있을 때 내 옆자리에 앉아준 것도 경은 언니였다. 프랑스 자수를 잘 못했고, 결국 좋아하지도 못했지만 경은 언니가 있어서 일 년 동안 그 수업을 함께 들었다. 같은 시간을 보냈지만 나는 여전히 다른 강의를 찾아다니는 사람이고, 경은 언니는 공방을 차려 밥벌이를 하는 사람이 되었다.

경은 언니를 생각하며 항만을 오래 걸었다. 콘크리트 벽으로 둘러싸여 바다는 보이지 않았지만 벽 너머에는 항구가 있고, 사람들이 있고, 횟집도 있고, 대관람차가 있는 유원지도 있고, 내가 칠 년이나 다녔던 회사가 있었다. 바람이 유난히 거셌다고 생각했지만 사실은 여느 가을과 다르지 않은 날씨였을 것이다.

*

종강을 하는 나날들이었다. 플라워 전시도 마무리했고 공연도 끝났다. 나는 구직 사이트를 들락거리기 시작했다. 오빠와 경은 언니의 결혼식 날짜도 잡혔다. 경은 언니의 엄마가 어디서 뭘 보고 왔는데 해를 넘기면 안 좋다고 해서 부랴부랴 예식장을 잡았다고 했다. 12월의 마지막 주 금요일이었다. 바다가 보이는 예식장이라고 했다. 생각만 해도 낭만적이었다.

하지만 나는 결혼식에 가지 말아야 할 사람이었다. 아빠 집안사람들이 또 어디 감히,라는 말로 나를 밀어

냈다. 나는 다른 사람 입장을 잘 이해하는 사람이지만 그건 잘 이해가 안 되었다. 아빠의 딸인 나는 그럼 어느 집 사람이라는 것인지.

오빠는 미안해했고 경은 언니는 난감해했다. 좋은 일을 앞둔 오빠와 경은 언니의 마음을 힘들게 하고 싶지 않았다. 나는 의연하게 대답했다.

"결혼은 원래 집안의 일이라며. 난 괜찮아."

나는 거짓말은 잘 못하는 사람인지 내 말에도 오빠와 경은 언니의 표정은 달라지지 않았다.

결혼식 당일, 나는 오빠의 마지막 아침 밥상을 차렸다. 소불고기와 무나물, 잔멸치볶음, 봄동겉절이에 들깨미역국을 냈다. 오빠는 밥 한 공기를 싹 다 비우고서 회사에 출근하는 여느 날처럼 일찍 집을 나섰다. 나 또한 여느 날처럼 현관에서 배웅했다.

"잘 가."

다른 날과 다른 게 있었다면 오빠가 다녀올게,라고 대답하지 않았을 뿐이다. 그런데 내가 안 가는 게 정말 맞나? 닫힌 현관문 앞에 서서 나는 한참 생각했다. 내가 가지 않는 것이 오빠와 경은 언니의 마음을 편하게 하는 걸까. 아빠 집안사람들의 마음을 편하게 하는 걸까. 아빠 집안사람들의 마음을 불편하게 하면 오빠와 경은 언니의 마음도 불편해지는 걸까. 아무리 생각해도 그건 아닌 거 같았다. 그러므로 나는 가기로 했다. 내가 아니면 누가 축하하나. 오빠와 경은 언니를 묶어준 게 바로 나였다. 나의 축하가 제일 필요했다. 예식장으로 가는 방법은 간단했다. 914번만 타면 되었다.

예식장에서 내가 놀란 건 오빠가 멋있어서, 경은 언니가 생각보다 훨씬 예뻐서가 아니었다. 생화처럼 보이는 꽃장식들은 모두 조화여서도 아니었고, 정말 바다를 풍경으로 예식을 치르는 곳이어서도 아니었다. 바라다보이는 바나가 탁한 잿빛이어서도 아니었다. 평일인데도 한 건물의 층층마다 결혼식을 올리느라 북새통이어서도 아니었다.

나는 사람들과 뒤섞여 슬쩍 식장 안으로 들어갔다. 그리고 구석에서 몸을 한껏 웅크려 고개를 숙였다. 예식장의 사람들은 모두 예쁘게 꾸미고 온 사람들뿐이었다. 검은색 롱패딩을 입은 사람은 나밖에 없는 것 같았다. 그래서 더 눈에 띌까봐 두려웠다. 사실 거기에 나를 알아볼 사람은 없었다. 나는 오빠의 회사 사람이나 경은 언니의 친구, 오빠의 친척들, 경은 언니의 가족도 몰랐다. 그런데도 가슴이 두근거렸다.

드디어 조명이 바뀌고 음악 소리가 들렸다. 나는 살짝 고개를 들었다. 푸른색 한복을 입은 여자와 붉은색 한복을 입은 여자가 입장했다. 둘이 같이 손을 맞잡고 초를 밝혔다. 그러고선 각각의 혼주석에 앉았다. 신랑의 혼주석에 앉은 푸른색 한복을 입은 사람은 오빠의 친엄마였다. 오래전 얼핏 봤던 기억이 선명히 떠올랐다.

맞아, 오빠에게는 엄마가 있었지. 나만 또 홀랑 까먹었다.

식사는 뷔페였지만 나는 예식장을 나섰다. 다시 914번을 타고 집으로 돌아왔다. 집에 들어서자 극심한 허기가 몰려왔다. 짬뽕과 군만두를 주문하고 오빠가 쓰던 방문을 열어보았다. 주인 없는 방에 침대와 책상, 텅 빈 옷장만 남아 있었다. 책상 서랍에는 말보로 레드가 들어 있었다. 나는 오빠의 침대에 걸터앉아 오빠가 두고 간 담뱃갑을 내려다보았다. 대여섯 개비가 남아 있었다. 나는 하나를 꺼내 입에 물어보았다. 그때 문자가 도착했다. 리코더 강사가 보낸 공연 동영상이었다.

아홉 명의 합주는 무사히 잘 마쳤으나 결국 빈 소리를 내는 사람을 찾지 못했다. 빈 소리를 그대로 둔 채 연주했다. 관객들은 그게 우리 전체의 소리라고 생각했을 것이다. 우리의 최선이라고 생각했을 것이다. 비었다는 것조차 몰랐을 것이다. 그럼 상관없었다. 어쩌면 소리를 내지 않은 사람이 제일 떨리고, 두렵고, 어렵고, 힘들고, 외로웠을지도 모른다. 동영상을 보는 동안 나는 불붙이지 않은 담배 끝만 잘근잘근 씹어댔다.

그날 밤 나는 텔레비전을 틀어놓고 짬뽕과 군만두를 안주로 소주를 마셨다. 반병쯤 마셨을 무렵부터 눈이 내리기 시작했다. 눈이 오는 날 결혼하면 잘 산다던데. 그러고 보니 아직 결혼 선물을 정하지 못했다는 걸 깨달았다. 나는 다시 한번 오빠의 방문을 열어 둘러보았다. 하숙을 해볼까. 나쁘지 않은 생각 같아서 기분이 조금 나아졌다.

*

 신혼여행에서 돌아온 오빠와 경은 언니는 선물이라며 망고젤리를 내밀었다. 새해가 된 지 사흘 만이었다.

 "이거. 오빠가 아가씨 사다 줘야 한다고 제일 열심히 챙겼어."

 아가씨? 나는 눈을 동그랗게 뜨고 경은 언니를 쳐다봤다. 경은 언니는 아무렇지 않게 나에게 종이 상자를 건넸다. 세상에! 그렇게 화려하고 요란한 컵케이크는 처음이었다. 주먹보다 더 커다란 컵케이크 위에는 온갖 색깔의 크림으로 모양을 내고 과일과 별별 종류의 토핑으로 꾸며져 있었다.

 "이걸 어떻게 먹어!"
 "거봐, 좋아할 거라 그랬지?"
 오빠가 슬그머니 미소를 지었다.
 "아가씨도 참. 정말 어린애 같네."

경은 언니가 오빠 옆으로 바짝 붙어 앉으며 소리 내서 웃었다. 그 아가씨라는 말 좀 안 하면 기쁨과 황홀함을 실컷 누릴 수 있을 것 같은데 경은 언니가 일부러 훼방 놓는 것 같았다. 그래서 나도 경은 언니에게 엄마와 아빠의 기일을 알려줬다. 경은 언니가 웃음을 거두고 핸드폰에 날짜를 저장했다. 핸드폰을 만지작거리던 경은 언니가 작은 목소리로 오빠에게 말했다. 하지만 나에게도 충분히 잘 들렸다.

"어머님이 언제 오냐고 물어보시는데?"

오빠가 나를 쳐다봤다. 경은 언니는 그사이 부주의해진 걸까? 아니면 나 들으라고 일부러 내 앞에서 저러는 건가? 왜? 뭐 하러?

나는 경은 언니를 한참 쳐다보다 자리에서 일어났다. 과일과 아이스커피, 접시를 챙겨 거실 테이블에 차렸다. 오빠의 접시에는 초콜릿 컵케이크, 경은 언니의 접시에는 파인코코넛 컵케이크, 내 접시 위에는 모카 컵케이크를 올렸다. 오빠와 경은 언니는 컵케이크에는 눈길도 주지 않고 아이스커피만 마셨다. 그리고 계속 내가 모르는 이야기만 주고받았다. 처음 듣는 이름들, 환율이나 명절 선물, 생경한 노래 제목이나 여전히 입에 붙지 않는 결혼식 관련 축약어들이 나열되었다.

"우리 엄마가 오늘 그냥 갔다고 내일은 같이 저녁 먹자는데 괜찮지?"

오빠가 고개를 끄덕였다. 그 참에 경은 언니가 오빠에게 눈짓했다. 일어나자는 신호였다. 오빠도 경은 언니도 피곤해 보였다. 쉬고 싶겠지. 빨리 자기 집으로 가고 싶겠지. 오빠가 헛기침을 하며 일어섰다. 나는 만류하지 않았다. 그 대신 잠시만 기다려달라고 했다.

"왜?"

"결혼 선물 가져가."

"어머, 진짜?"

경은 언니가 환하게 웃었다. 두 눈이 꽉 감겼는데 어쩐지 귀여운 느낌이 들지는 않았다. 내 방에 두었던 하늘색 포장지로 포장한 커다란 선물 상자를 들고 나오니, 오빠와 경은 언니는 현관에서 신발을 신은 채 나를 기다리고 있었다. 나는 결혼 선물을 내밀었다. 경은 언니가 반갑게 받아 들었다. 선물은 경은 언니품 안에 가득 들어찼다.

"무거운데? 뭐야?"

"집에 가서 풀어."

오빠가 고개를 끄덕였다. 선물이 무거웠던 경은 언니는 오빠에게 건네고서 먼저 현관문을 열고 나섰다.

"아참, 나 궁금한 게 있는데."

오빠와 경은 언니가 나를 향해 돌아섰다.

"집들이는 언제 할 거야?"

내 질문에 오빠와 경은 언니는 서로를 멀뚱히 쳐다봤다. 뜻밖의 질문인 모양이었다. 경은 언니가 먼저 대답했다.

"내일 오빠 출근하면 놀러 와."

"정식으로 초대 안 하고?"

"정식? 우리끼리 그런 게 필요해?"

오빠와 경은 언니가 서로를 마주 보며 빙그르 웃었다. 오빠가 선물을 다시 추슬러 안았다. 나는 잠시 머뭇거리다가 다시 물었다.

"그럼 나도 식구로 끼워줄 거야?"

그 질문에는 아무도 선뜻 대답하지 않았다. 손도 대

지 않은 컵케이크 세 개가 굳어간다고 생각하니 나는 마음이 영 좋지 않았다.

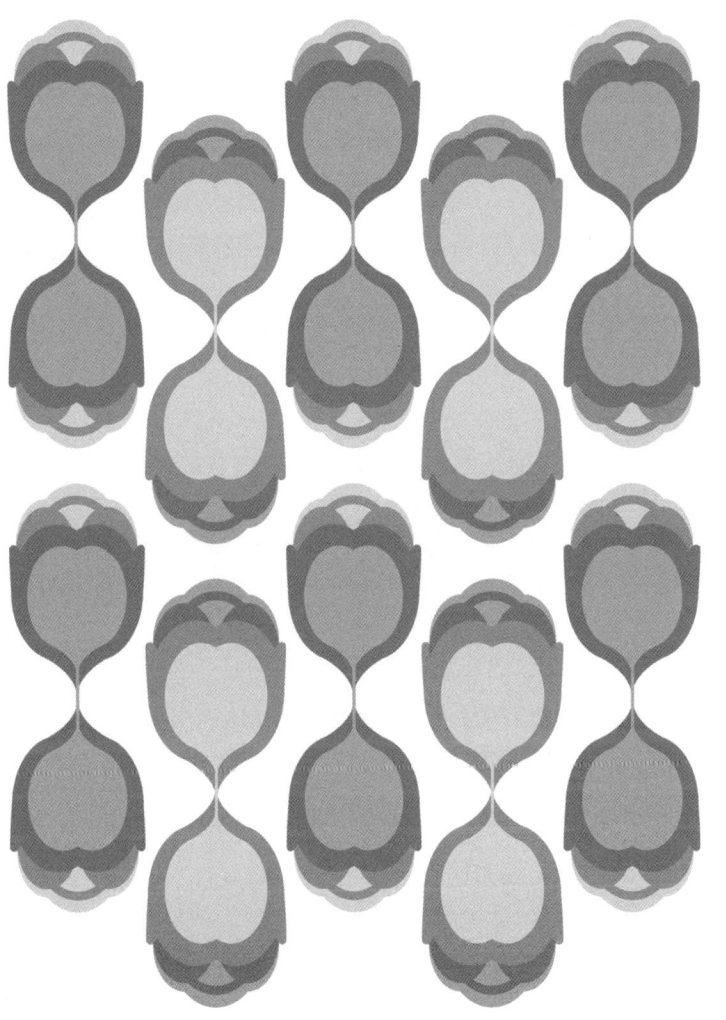

Entanglement

얽힘 코멘터리

이주혜 코멘터리
「할리와 로사」에 대하여

김이설의 질문

김이설(이하 김)〉 우리는 보통 익숙하고 친숙한 사람들과 여행을 갑니다. 그렇지 않은 경우의 여행은 그 여행 자체가 업무나 의무로 작용할 때가 많은데요, 「할리와 로사」는 친숙한 사람들의 여행인 데다가 여행지에서의 이야기이고 그 여행지에서 떠올린 각각의 기억에 관한 이야기이기도 합니다. 여행이라는 의미 이전에 그 행로를 함께하는 두 인물의 관계에 주목이 가는데요—두 인물의 관계성이 독특하기도 하고요, 둘은 친한 사이인가요?—이 두 인물을 설정하게 된 계기와 그 의도가 궁금합니다.

이주혜(이하 이)〉 저는 여행을 참 좋아합니다. 여행지에서 보고 느낀 것들을 소설에 많이 쓰기도 하고요. 그런데 여행을 취미로만 분류한다면 사실 굉장히 사치스러운 활동이잖아요? 생업 중에 시간도 내어야 하고 필요한 체력과 비용도 만만찮고, 만약 비행기를 타고 해외로 나가야 한다면 어마어마한 양의 탄소를 배출하게 되어 생태에도 큰 폐를 끼치는 게 되니, 여행은 삶의 윤활유이자 숨 돌릴 틈이면서 동시에 묵직한 죄책감을 품고 있는 복잡한 행위라고 생각해요. 이런 무거운 이야기부터 하려던 건 아닌데, 아무튼 소설 속의 이 여행을 떠올리게 된 계기는 실제로 지난해 친구들과 전주에 2박 3일 여행을 다녀와서부터였어요. 작가님 말대로 출발은 단순 여행보다는 업무였어요. 전주독서대전의 강연 초청을 받고 간 길이었거든요. 그런데 친구들이 동행을 사저해주면서 업무로만 끝났을 여정이 즐거운 여행으로 탈바꿈하더라고요. 메뉴가 몇 개 안 되고 조선호박이 믿을 수 없을 정도로 맛있었던 분식집(한옥마을에 있지는 않고 이름도 영영분식이 아니라 죄송), 생각보다 힘들어 노화를 절감했던 치명자산 순교지 등반(정상에 올랐을 때 너무 기뻐 친구의 카메라를 향해 활짝 웃어주고 싶었으나 얼굴 근육이 내

의지와 상관없이 파업에 돌입), 산 위 무덤에서 만난 어린 소녀 유섬이의 생애, 뜬금없는 한의원 방문 등은 실제로 친구들과 함께 겪은 일이에요. 그런데 놀랍고도 흥미롭게도 전주는 분명히 제 고향이고, 평소 '전주주의자'를 자처할 정도로 사랑하는 도시인데도, 저보다 친구들이 전주의 이모저모에 관해 훨씬 더 많이 알고 있더라고요. 전주에서 최근 역점사업으로 추진 중인 도서관과 책에 관한 여러 프로그램도, 전주의 맛집도, 아름다운 특수도서관들도, 치명자산 순교지도, (심지어 동네 집값 동향도) 전부 친구들이 이끌어준 귀한 경험이었죠. 그래서 다람의 얽힘 2기 소설을 쓰기 시작했을 때 자연스럽게 그때의 전주 여행을 떠올렸습니다.

제 나름대로 잡은 소설의 주제는 '귀향', 좀 더 자세히 풀어보자면 '여자아이에게 과연 귀향은 가능한가?'였거든요. 우리가 첫 회의에서 배경 공간을 인천으로 잡았잖아요. 솔직히 말씀드리자면 저는 두 분 작가님들에 비해 인천에 관해 아는 바가 거의 없어요. 그래서 인천과 전주의 연결고리를 고민하다가 할리와 로사라는 두 여성 청년을 떠올리게 되었습니다. 일찌감치 고향을 벗어나 타

향살이를 하는 일종의 '서울 디아스포라' 청년들이 서로의 고향으로 여행을 데려간다는 설정이었죠. 평소 고향을 부정하고 외면하는 친구에게 그 고향을 여행지로 새롭게 소개한다면 어떨까? 다시 말해 귀향 아닌 여행이 된다면? 그렇다면 고향의 다른 면들이 눈에, 마음에 들어오지 않을까요? 지난해 전주 여행 중 친구들 덕분에 고향 전주가 제게도 크게 달리 보였던 것처럼 말이죠.

작가님 말대로 두 인물의 관계는 독특합니다. 단순 이웃이라기엔 많이 가깝지만, 서로의 사생활에 관해서라면(심지어 본명도) 어린 시절 친구나 학창 시절 동기 동창처럼 잘 알지는 못해요. 하지만 두 사람은 가게가 쉬는 날을 빼면 거의 매일 만나 함께 밥을 먹고 커피를 마시고 티브이를 보고 이야기를 나누겠죠. 가만히 생각해보니 이렇게 가까운 사이가 또 있을까, 싶은 거예요. 우리가 이만큼 살아오면서 잃은 것도 많지만 얻은 게 있다면 눈치, 좀 더 포장해 말하자면 이해력이잖아요? 할리와 로사는 이제 중년 초입을 저만치 둔 청년 여성들이고 서울 서남부 지역에서 여성들을 주 고객으로 하는 미용실과 네일숍을 운영하는 자영업자이기도 합니다. 이분들만큼 눈치가 발달한 사람이 또 있을까요? 게다가 여성들은 특히 형제자매가 있다면 이미 원가족 안에서 '눈치껏 행동하기'를 '만렙'으로 수련하게 되잖아요. 그런 두 사람이 매일 만나 함께 밥을 먹다보면 모른 척하는 게 더 어려울 사실들을 수없이 알게 되지 않을까요? 로사는 그런 눈치 혹은 이해력을 통해 할리의 고향이 전주 한옥마을이고 할리는 가끔 고향이 그리우면서 고향이 무섭고 싫은 애증의 마음을 품고 있구나, 하고 저절로 알았을 것 같아요. 왜냐고 물으신다면, 로사도 마찬가지 마음이기 때문에. 물론 둘 중 로사 쪽이 할리보다 훨씬 더 예민하고 눈치도 빠르면서 겉으로 보이는 성격은 곱절로 좋은 것 같기는 합니다(캐릭터 설정에 형평성이 어긋나서 죄송). 그래서 로사는 터지기 일보 직전의 할리를 고향 아닌 여행지로서의 전주에 데려갔고, 거기서 전주의 새로운 면들을 보여주었을 거예요. 로사만큼은 아니라도 역시 예민하고 눈치 빠른 할리는 그 짧은 여행 중 로사의 과거와 고향에 대해 이런저런 것을 알게 되고 속으로 다음 여행을 계획하죠. 로사를 고향 아닌 여행지로서의 인천에 데려가겠다고요. 소녀들의 귀향은 태생적으로 불가능하고 한번 흩어진 것들은 쉽게 제자리로 돌아갈 수 없을지라도 동행에 나서 주는 친구가 있다면 여행은 가능하지 않을까, 그렇게라도 이들을 고향에 잠시 데려다주고 싶다, 이런 마음을 내내 품고 썼습니다.

김〉 얽힘 2기의 키워드 중 하나가 '인천'이라는 지명/공간이었습니다. 단순한 저는 소설의 배경을 인천으로 잡는 것에(생각해보니 참 안일했네요!) 그쳤는데요, 작가님은 소설의 주 공간을 인천이 아닌 전주로 잡았습니다. (사실 인물들이 일하는 곳은 서울 서남부 지역이고, 유배지인 거제도도 거론되는 데다, 중국도 등장하죠.) 인천과 전주라는 도시는 전혀 다른 이미지로 다가오는 도시인데요, 삭가님에게 인천과 전주, 그리고 소설 속에서의 인천과 전주라는 도시의 이격감에 대한 이야기를 듣고 싶습니다.

또한 인천과 전주가 작가님에게 낯설고 불편한 감각을 선사하고, 그럼에도 불구하고 그것이 무엇인지 너무 잘 알겠는, 아주 익숙하고 고착된 감각이기도 할 것 같아요. 그것이 왜 개인적인 감정이 아니라, 또래라면, 여성이라면, 고향을 떠난 경험이 있는 자들이라면 등등으로 확장되어 공감하게 되는 이유는 무엇일까요?

이〉 인천과 전주는 정말 많이 다른 도시죠. 당장 전주는 분지 지형이고 인천은 항구잖아요? 분지는 고여 있는 곳, 뒤집어 말하면 보존된 곳이고 항구는 드나드는 곳, 다시 말해 변화가 쉬운 곳입니다. 전주가 전통을 강조하고 지키려고 애쓰는 곳이라면 인천은 변신을 통해 새로운 전통을 만들어가는 곳일 거예요. 전주가 조선왕조의 출발지이고 태조 이성계의 어진과 조선왕조실록을 보관한 사고가 있는 곳이라는 사실과 인천이 19세기 개항지라는 사실은 두 도시의 차이에 관해 정말 많은 것을 말해준다고 생각해요. 이 질문에 답변하면서 깨달은 게 하나 있어요. 제가 유독 좋아해 반복적으로 찾아가는 장소들이 목포, 군산, 하코다테, 요코하마 등인데, 이들의 공통점이 바로 인천처럼 새로운 문물을 받아들이기 위한 혹은 제국주의의 수탈을 용이하게 하기 위한 최초의 개항지 중 하나였다는 점이더라고요. 모든 도시가 일관된 역사를 밟아온 것은 아니지만 이런 도시에 가면 옛것과 새것과 중간것(이런 단어가 있다면)이 동시에 한자리에 모여 일종의 역사적, 문화적 단층을 형성하고 있잖아요. 기와지붕을 얹은 전통가옥과 붉은 벽돌로 지은 서양식 근대 건물과 노출콘크리트 방식의 현대 건물을 한눈에 볼 수 있는 몇 안 되는 도시들이라 좋아하지 않을 도리가 없죠. 그러다가 또 깨달은 것이 있다면 제가 전주만큼이나 경주, 광주, 낙안, 대전, 남해, 무주 등 한반도의 대표적인 분지 지역을 참 좋아한다는 사실이었습니다.(이쯤 되면 그냥 어디든 놀러 가는 걸 좋아하는 거 아니냐? 하는 부끄러운 의문이 들기도 합니다만.) 조금 높은 곳에 올라가 그 수굿한 곡선의 땅이 담고 있는 순한 것들을 바라보면 이곳에 푹 빠져 살고 싶다는 생각과 빨리 이 안온한 곳에서 도망쳐야 한다는 조급함이 동시에 들죠. 약간 소가 뒷길음질 쳐서 쥐를 잡는 격이 되어버렸지만, 전주와 인천은 단순히 제 고향과 소설의 배경지로 약속된 도시라는 설정을 넘어 제겐 고인 곳과 드나드는 곳의 대표지가 되어주었습니다.

그런데 이렇게 다른 두 도시에서 온 할리와 로사의 서로 다른 경험이 어떻게 읽는 이들의 공감을 얻어낼 수 있을까요? 작가님이 질문의 형식을 빌려 이미 답변해주신

대로(격하게 감사드립니다) 우리 모두 고향을 떠난 경험이 있는 자들이기 때문 아닐까요? 그럼 고향을 떠나본 적이 없는 사람은 공감도 못 한다는 말이냐는 아우성이 (설마) 들리는 것도 같은데요. 이 소설의 주제를 '귀향'으로 잡았을 때 제가 생각한 고향은 단순히 지리적인 장소만을 말하는 게 아니었습니다. 고향은 출발한 곳, 떠나온 곳, 심지어 출발한 시간, 떠나온 시간, 혹은 두고 온 것, 잊고 만 것 등 장소를 넘어 시간과 대상으로까지 확대될 수 있을 거예요. 태어난 곳을 떠나본 적 없는 사람은 많아도 어느 시간을 떠난 적이 없는 사람, 무언가를 잃어본 적이 없는 사람이 있다고는 믿을 수 없습니다. 이렇게 확대된 개념 안에서 고향은 누구에게나 잃어버린 것, 즉 애도의 대상이 될 것이고 여자아이 시절을 겪은 사람에게는 특별히 복잡하고 다중적이고 징글징글한 대상이 되겠죠. 그 지점에서 우리는 모두 잠시나마 한자리에서 서로를 스쳐 갈 수 있을 거예요.

김〉 소설을 읽고 나면 혐오와 수치심과 공포, 폭력, 그늘, 유년, 외로움 같은 단어를 산발적으로 떠올리게 되니다. 그 단어들은 왜 여성의 단어처럼 여겨지는 것일까요. 「할리와 로사」를 읽으면서 내내 불안하고 서글픈 느낌이 들었던 이유일 것 같기도 한데요, 여성이 아닌 세계 시민으로서 갖고 싶은 단어가 있으실까요?

이〉 최근 읽은 어느 비평에서(출처는 정확히 기억나지 않습니다만) 수치심은 여성의 감정이라고 한 문장이 기억납니다. 다른 성별이 세계의 불온을 한탄하고 부끄러워할 때 여성은 세계 안의 자신을 수치스러워하지요. 수치심은 유독 자신을 향해 찌르고 들어오는 감정입니다. 여성이라면 매우 익숙한 느낌일 거라고 믿어요. 물론 다른 성별이 수치심을 느끼지 않는다는 말은 아닙니다. 이렇게 바꿔 말하면 좀 더 적절할까요? '수치심은 여성화되었다.' 작가님께서 '혐오와 수치심과 공포, 폭력, 그늘, 유년, 외로움' 같은 단어가 여성의 단어로 느껴지는 이유가 그러한 감정과 정서가 마음에 들어서가 아니라 털어내고 싶어도 자꾸 들러붙는 생래적인 감정처럼 느껴지기 때문이 아닐까요? 소설을 쓰기 위해 치명자산 천주교 순교지에 관해 조사하던 중 거제로 유배를 떠났던 유섬이의 생애를 알게 되었고 그에 관해 소설에도 간략한 정보를 넣었습니다. 인상적이면서 놀라웠던 부분이 유섬이가 자신의 종교적 신념을 실천하기 위해 가장 어렵게 결정한 행동이 혼인을 거부하고 '동정녀'의 삶을 살기로 한 점, 그리고 그 목표를 실현하기 위해 항상 몸에 칼을 지니고 살며 '시집가라 하면 반드시 죽음으로 갚으리라'라고 말해야 했다는 점이었습니다. 그러니까 왜 종교적 신념을 지키기 위해 여성에게 가장 중요한 것이 소위 '순결'이고 그걸 지키기 위해 자신의 목숨까지 내놓아야 하는가! 그런 의문이 떠오르면 유섬이의 일은 곧바로 내 일이 되고 내 마음은 이미 수치심으로 활활 타오르지 않던가요? 그래서 작가님의 마지막 질문 '세계 시민으로서 갖고 싶은 단어' 앞에서 분노를 식히고 혀를 깨무는 심정으로 (하지만 다소 비겁하게) 대답하겠습니다. 이 세계에는 나를(우리를) 수치심으로 태우려드는 단어가 너무 많아서, 그 단어들과 열심히 싸운 후 오염된 단어를 버리고, 고치고, 정화하고 최후로 남는 단어가 있다면 우리, 그 단어를 기쁘게 나눠 가지자고요.

김〉 소설에서 가장 인상 깊은 건, '가능하면 낯선 방향으로'라는 구호입니다. 혹시 작가님은 소설을 쓸 때 '가능하면 이주혜 방향으로'라고 설정해둔 요소들이 있을까요?

이〉 아직 제겐 '이주혜 방향'이라고 할 만한 뭔가가 없다는 생각이 듭니다. 내년이면 벌써 데뷔 십 년이라고 가끔 다정한 편집자 선생님들이 일깨워주긴 합니다만, 여전히 소설을 쓰기 시작하려면 저절로 리셋 키가 눌리더군요. (작가님은 저보다 훨씬 먼저 작품활동을 시작하셨고 더 많은 소설을 쓰셨으니 이 요상한 현상에 대해 저보다 더 잘 아시리라 생각합니다.) 망할놈의(비속어 죄송) 리셋 키는 뽑아놔도 묶어놔도 본드로 붙여놔도 언제나 출발점에서 딸깍 하고 눌리고 모든 게 0 혹은 무無의 상태로 돌아가고 말더라고요. 그래도 작가님의 질문에서 하나 배웠습니다. 소설을 쓰다가 전개가 막히면 '가능하면 이주혜 방향으로'를 떠올리겠다고요. 물론 그 이주혜의 방향이 어떤 방향인지는 아직 선명히 떠올리지 못했지만, 거기 붙여놓을 몇 가지 이정표 중에 반드시 '낯선'이라는 형용사를 넣어야겠습니다. 가끔은 '어이없는'이나 '삼가는' 혹은 '웃기고 자빠진' 등의 표현도 들어갔으

면 좋겠고요. 그래도 제 소설을 읽은 독자들에게 가장 듣고 싶은 말은 한결같습니다. '내 이야기 같다.'

정선임의 질문

정선임(이하 정)〉얽힘 2기 작업을 위한 2차 모임에서 디아스포라에 관해 이야기해주시면서 고향을 벗어나려 했던 여성들의 귀향을 연결하신 점이 인상 깊었습니다. 저는 치명자산에서 할리가 "고작 흙 한 줌이 돌아왔는데, 그것을 우리는 귀향이라 부를 수 있을까?"라고 던진 질문이 참 좋았습니다. 그리고 "한번 흩어진 것들에게 돌아가는 길은 쉽게 열리지 않는다"는 문장도요. 그러다 이런 질문을 떠올리게 됐는데요, 이들이 "당분간" 낯선 방향으로 가다가 언젠가는 여행이 아닌 진짜 귀향을 하게도 될까요?

이〉'진짜' 귀향이라는 말 앞에서 조금 숙연하고 부끄러워졌습니다. 문학작품을 읽고 친구들과 대화를 나눌 때면 내가 너무 냉소적이거나 비관적인 사람은 아닌가, 생각할 때가 있거든요. 작가님 질문을 받고 보니 '여자아이의 귀향은 가능한가'라는 질문으로 시작한 소설이라고 했으면서 사실 속으로는 이미 그 불가능성을 정해놓고 쓰지 않았나 하는 반성이 들기도 하네요. 그래도 작가님의 질문을 받고 귀향의 (불)가능성에 대해 곰곰이 생각해봤답니다. 지난해 읽은 이-푸 투안의 『공간과 장소』(윤영호 김미선 옮김, 사이, 2020)는 '공간에 우리의 경험과 삶, 애착이 녹아들 때 그곳은 장소가 된다'고 말하는 책이에요. 이때 특별한 애착이 녹아든 장소로서 드는 예시가 '고향'이기도 하고요. 하지만 할리와 로사처럼 전주나 인천이라는 공간이 애착보다 상처와 수치심과 공포로 각인된 곳이라면 그곳은 아직 고향이 될 수 없는 거겠지요. 여기까지 생각하고 갑자기 궁금해서 '고향'의 의미를 국어사전에서 찾아보았어요. 표준국어대사전에는 고향의 뜻이 여럿 나오더군요. ① 자기가 태어나서 자란 곳. ② 조상 대대로 살아온 곳. ③ 마음속에 깊이 간직한 그립고 정든 곳. 이 세 번째 정의를 보고 얼마나 반가웠던지요! 국어사전마저 고향의 의미를 이토록 폭넓고 깊게 정의하고 있구나 싶어 속을 꽉 채운 조선호박을 실컷 먹었을 때의 할리처럼 기뻤답니다. 할리와 로사에게 전주와 인천은 각각 고향에 관한 첫 번째와 두 번째 정의는 충족시키겠지만, 세 번째는 아니잖아요. '가능한 낯선 방향으로' 두 사람이 가고 또 가다보면 언젠가는 세 번째 정의에 해당하는 장소를 만나게 되지 않을까, 지금만은 낙관적으로 생각해봅니다. 그런 곳을 찾을 때 두 사람은 비로소 고향이라는 애착의 장소에 깃들고 비로소 귀향에 성공하지 않을까요? 그곳이 어디가 될는지는 두 사람 스스로도 아직은 전혀 알 수 없겠지만요. 그런데 좀 신기하지 않습니까? 여자아이의 귀향이 가능하려면 가능한 한 '낯선' 방향으로 움직여야 한다는 아이러니 말입니다.

정〉 제 소설에 무덤이 자주 나오는데 그 이유가 무엇이냐고 질문을 받은 적이 있는데요, 저는 죽은 사람의 자리를 마련해주는 것이 인간이어서 할 수 있는 가장 다정한 행위 같다고 대답했었습니다. 그리고 죽어서도 잊히기 싫다는 의지 같기도 해서 때로는 안쓰럽고 무섭게도 느껴진다고요. 그래서 「누의 자리」도 재밌게 읽었어요. 이 소설에도 무덤이 나와서 반가워(?)하면서 읽었습니다. 작가님에게 무덤이라는 것은 어떤 의미일까요?

이〉 아아. '죽은 사람의 자리를 마련해주는 것이 인간이어서 할 수 있는 가장 다정한 행위'라니요! 정말 아름답고 애틋한 '문명'의 정의가 아닙니까? 그 말을 잘 기억하고 살아가면 지금보다 한결 덜 나쁜 사람이 될 수 있겠어요. 고맙습니다.

저 역시 작가님과 비슷한 생각을 한 적이 있어요. 자신이 묻힐 자리를 집요하게 찾아다니는 한 노인을 보고 '노욕'이라 속으로 욕한 적도 있고요. 고향보다는 자식들 찾아오기 편한 곳에 묻히고 싶다는 분의 말을 들었을 때는 굉장히 복잡한 슬픔을 느끼기도 했지요. 저는 인간을 여기까지 끌고 온 가장 근원적인 원동력이 바로 유한성, 즉 죽음이라고 생각할 때가 있어요. 그런데 저는 사후세계를 믿지 않기 때문에 죽음에 관해서는 많이 생각해도 그 이후, 특히 장례에 관해서는 별생각이 없었거든요. 어차피 죽으면 끝인데 죽은 내 육신이 어떻게 처리되든 그게 무슨 상관이냐, 이런 식이었지요. 그런데 제가 상주가 되어 세 번의 장례를 치르는 동안 죽음 이후에 관한 생각도 조금씩 바뀌더군요. 죽음은 나의 것일지 몰라도 죽음 이후는 내가 아닌 남겨진 자들의 몫이라는 걸요. 그건 단순한 의무일 수도 있지만 정성과 사랑일 수도 있음을 제가 장례를 치르면서 사무치게 느꼈습니다. 그러니 함부로 잘난 척하지 말자 싶었죠. 그런 마음이 아마도 「누의 자리」라는 단편을 쓰게 한 것 같아요. 남의 무덤 한편을 훔

처서라도 사랑하는 이의 자리를 마련해주고 싶은 마음이 바로 남겨진 자의 지극한 사랑이라는 이야기를요. 이렇게 말하고 보니 저에게도 무덤은 남겨진 사람들의 다정이고 사랑이네요. 문득 작가님 소설에 등장하는 무덤들에 관해서도 다시 찬찬히 읽어보고 싶어집니다.

정〉 김이설 작가님이 안일했다고 하셨는데 저야말로 정말 안일했어요. 저는 인천에 왜 가야 하지? 하다가 첫사랑의 장례식장에 가자, 하고 너무도 단순하게 정해버렸습니다. 저는 종종 이야기가 풀리지 않을 때 인물들을 한 차에 태워서 어딘가로 보내버리는데, 정말 안일한 방식이지요. 작가님은 언제 인물들을 이동시키시나요? 그리고 저는 실제 지명, 특정 장소를 소설에서 배경으로 쓸 때 부담감을 느끼는 편인데요, 작가님께서는 장소를 선정하시고 그곳에 대한 정보들을 소설 속에서 활용할 때 어떤 고민을 하시는지도 궁금합니다.

이〉 이동 자체에 관해 쓰고 싶다고 작정하고 쓴 단편이 「이소 중입니다」입니다. 어린 새가 이소를 통해 성장하듯 다층적 정체성을 가진 네 명의 중년 여성이 땅끝마을에 있는 철학자를 찾아가는 과정을 소설로 그려봤습니다. 이동 중인 소설을 쓸 때면 아무래도 저 역시 머리와 마음으로 함께 움직여야 하기 때문에 멀미도 나고 고속도로 휴게소에서 파는 감자구이도 생각나고 그러더라고요. 작가님 질문을 받고 생각해보니 저는 인물보다 장소를 먼저 생각하고 소설을 쓰는 편인 것 같아요. 이번 소설 역시 할리와 로사라는 인물을 구체화하기 전에 인물이 이동할 공간을 먼저 계획했거든요. 일단 전주에 가자. 전주에 가서 맛있는 분식도 먹고 한옥마을도 구경하고 치명자산 순교지도 찾아가고 다음 날에는 뜬금없이 한의원에 누워 침을 맞자. 그러다 소설에는 등장하지 않겠지만 이 소설의 다음 이야기가 진행되는 장소가 인천임을 말하고 끝내자. 여기까지 생각하고 나서, 그런데 구체적으로 어떤 사람들이 이 공간과 장소를 움직이는 게 좋을까? 이런 식으로 구상을 전개했던 기억이 납니다. 할리와 로사라는 이름을 떠올리고 각각 미용실과 네일숍의 주인으로 설정했을 때 두 사람의 얼굴과 몸집, 입고 있는 옷의 스타일과 표정, 목소리까지 점점 선명하게 찾아와줘 무척 기쁘고 반가웠던 기억이 나요. 왜 이런 순서로 소설을 쓸까 생각해보니 제가 소설의 공간적 배경은 주로 실제로 가본 곳으로 설정하는 반면 인물은 실제 만나본 혹은 아는 사람과 가능하면 다른 인물로 설정해야 한다는 약간의 강박이 있기 때문일 거예요. 앞서 말한 「누의 자리」를 썼을 때도 친구들과 서오릉을 산책하면서 소설 배경으로 삼기 참 좋네, 생각했다가 그럼 어떤 인물들이 이 무덤 사이를 움직이는 게 좋을까, 계속 질문을 거듭하다 '나'와 '너', 즉 '누'를 떠올렸거든요. 모든 소설을 이런 식으로 쓰는 것은 아니지만 이런 방식이 많은 건 사실이네요. 그것도 작가님 질문을 받고서야 깨달았지만요. 고맙습니다.

특정 장소를 소설에 끌어올 때 저 역시 당연히 조심스러움을 느끼지요. 그 공간과 장소를 사랑하는 사람이 봤을 때 상처를 입거나 불쾌감을 느낀다면 그건 실패한 재현일지도 모르겠어요. 그래서 그럴 가능성이 있을 때는 공간의 일부를 다르게 묘사한다거나 실명 언급을 피한다거나 하는 식으로 약간의 대비책을 마련하지요. 그러나 작가님도 똑같이 느끼시겠지만, 글을 쓰는 이들에게 재현의 윤리는 늘 어깨 한쪽에 올려놓고 조심스레 살펴야 할, 모른 척할 수 없는 실재잖아요. 그만큼 실수와 실패의 가능성이 농후하지요. 이번 소설도 전주 분들이 읽고 불쾌감을 느끼지 않을까 걱정이 돼서 '전주'라는 실존 지명을 피해볼까 하는 생각도 해보았지만, '전주주의자'로서 저의 애정만은 스스로 의심하지 않기 때문에 할리에게 큰 상처를 남긴 고향으로 설정했지만 그냥 지명을 쓰기로 마음먹었습니다. 앞으로도 늘 실수와 실패 사이를 오가며 아슬아슬하게 써나가겠지요. 뭔가 너무 편하고 쾌적하다 싶으면 그게 바로 잘못의 시작이라고 생각하면서요.

정) 두 분의 소설을 읽으면서 저는 그동안 등장인물들에게 제대로 음식을 먹이지 않았구나 하고 깨달았는데요, 작가님 소설을 읽다가 깨달은 것이 또 하나 있습니다. 저는 같이 떠나도 결국은 인물을 홀로 남겨둔다는 것입니다. 저의 인물들에게 미안했어요. 또 반성합니다. 다음 소설에서는 제대로 먹이고 누군가 옆에 있게 두자는 결심도 했어요. 작가님의 소설에서 로사와 할리는 서로의 본명도 모르고 사적인 질문도 하지 않는 사이죠. 그 관계성도 흥미롭고 할리의 고향인데 로사가 마치 가이드처럼 여행을 이끌어가는 방식도 재밌었습니다. 참! 저도 그 은행나무 알아요. 꽤 오래전에 봤지만 신기해서 인공물질로 채워진 몸통을 만져봤던 기억이 오래 남아 있었는데 로사가 해준 설명을 듣고서야 그렇구나, 하고 감탄했습니다. 영영분식도, 치명자산도 가보고 싶어요. 저는 로사가 계획한 일정이 너무도 마음에 들었는데요, 저는 혼자 가는 여행을 좋아하고 누군가와 갈 때는 몸도 마음까지도 맡기고 따라가는 편입니다. 작가님은 어떤 여행 스타일을 선호하시는지 궁금해졌어요. 로사와 할리 중에 누구와 닮았는지도요.

이〉 저는 일상과 업무 진행은 파워 계획형 J인데 여행만은 P 자아가 튀어나와 일행 뒤를 졸졸 따라다니더라고요. 여행 자체를 무척 좋아하고, 낯선 공간을 감각하며 새로운 생각들을 떠올리는 것을 좋아하기 때문에 제가 여행을 주도하고 통제하면 오히려 굉장한 스트레스를 느껴요. 혼자 하는 여행을 제외하고 일행이 있는 경우 제가 주로 맡는 역할은 우선 해외여행의 경우 항공권 예약하기이고, 그다음은 꼭 가고 싶은 곳이나 먹고 싶은 것을 몇 가지 찾아 여행 전체 일정을 책임진 구성원에게 참고 자료로 살포시 전달하기(절대 강요가 아님을 강조하면서), 그리고 막상 여행이 시작되면 모든 걸 우연에 맡기기, 마지막으로 열렬히 리액션하기입니다. 와! 여기 오기 정말 잘했다! 너무 아름다워! 이야, 이 초밥, 기가 막히는데? 죽기 전에 반드시 먹어야 할 초밥이라는 거 일론 머스크는 알려나 몰라? 이런 신소리를 쉬지 않고 계속해서 일행을 웃기거나 짜증 나게 하는 것, 그게 바로 제 역할이죠.

로사와 할리 중에는 아무래도 사적인 이야기를 잘 못하고 어찌 보면 뚱한 데다가 체력도 저질인 할리 쪽에 더 가깝지 않을까요? 다정하고 배려심 많고 체력도 좋고 눈치도 빠르고 추진력까지 넘치는 로사는 제가 사랑하고 존경하는 친구들의 총합체이고요. 답변을 마치고 나니 갑자기 작가님과 함께 가벼운 여행을 떠나고 싶다는 생각이 드네요. 우리 언제 이설 작가님까지 함께 나들이 떠나요. 이왕이면 다정한 무덤이 많은 곳이 좋겠네요. 경주라든가, 당일 나들이로는 서울과 경기 곳곳에 자리한 수많은 왕과 왕비의 무덤 사이를 함께 걸어도 좋겠어요.

정선임 코멘터리
「해변의 오리배」에 대하여

김이설의 질문

김이설(이하 김) 〉 콘서트장에 가기 전에 장례식장에 들르는 모녀. 소설의 도입 설정이 아주 흥미로웠습니다. 장례식장과 콘서트장은 목적이 뚜렷한 공간이어서 이미지가 아주 선명하게 잡히는 공간인데요, 그것이 마치 죽음(멈춤)과 삶(살아 움직임)의 대비처럼 보이기도 했습니다. 이주혜 작가님이 말씀해주신 대로 인물들은 삼각관계인데 그들이 처한 상황이나 강요되는 상황은 이분법적입니다. 미연과 승재가 사귀다와 안 사귀다, 미연과 현수가 살다와 헤어지다, 미연과 유나가 이해한다와 오해한다(불이해 혹은 몰이해), 미연과 주희가 솔직하다와 속이다 등으로 말이죠.

자연스레 소설의 가제였던 '아무것도'의 반대 축인 '모든 것이'에 대해 고민하게 되었습니다. '아무것도'는 '없다'와 호응하고, '모든 것이'는 '있다'에 호응되는 관계라면 미연에게 없는 것과 있는 것은 무엇일까, 혹은 미연이 없다고 생각한 것과 있다고 생각한 것은 무엇일까, 사람들이 미연을 향해 없다고 여기는 것과 있다고 여기는 것은 무엇일까, 같은 것들 말이죠. 작가님은 이 부분을 어떻게 설계하게 되었는지 궁금합니다.

정선임(이하 정)〉 설정이 흥미로웠다니 기쁩니다. 인천에 무슨 이유로 가게 되면 좋을까 고민하다가 장례식을 떠올렸는데 제대로 도착하게 해야 할지, 아니면 장례식장에 가기 전에 어딘가에 들를지 고민이 많았어요. 본래 미연을 홀로 보내려다가 딸인 유나가 동행하게 됐고요. 장례식장에는 미연이 혼자 조문을 가고 유나는 바깥에서 기다리게 했었는데 쓰다보니 유나가 장례식장에는 함께 가도 콘서트장에는 함께 가지 않겠구나, 하고 깨달았습니다.

작가님께 질문을 받지 않았다면 삼각관계에 이분법적인 상황이라고 생각 못 했을 것 같아요. 미연에게 없는 것이라기보다는 미연이 갖고 싶었던 건 아마도 맹목盲目일 겁니다. 눈이 멀어서 보지 못하는 눈. 미연은 맹목적인 사랑을 꿈꿨지만 실패한 사람입니다. 현수를 용서할 수 있을 줄 알았는데 그 기억을 잊지 못하죠. 그렇다고 현수를 놓지도 못하는데 그 이유가 온전히 유나 때문만은 아니라고 생각합니다. 바라는 것 없이 그 사람을 응원하고 반짝였던 순간이 미연의 안에는 남아 있을 테니까요. 그것이 영원하지도 않지만 사라지지도 않아 마치 고장 난 응원봉처럼 불쑥불쑥 제멋대로 빛나 미연을 부끄럽게 하면서요. 결국 결말에는 미연을 홀로 남겨놓았는데요, 버리지도 못하지만 떠나지도 못한 채 지금 여기에 당도해 있는 사람에 대해 쓰고 싶었던 것 같아요.

김〉 '수치와 모욕의 시간'이라는 표현이 오래 기억에 남았습니다. 미연은 그 시간이 '끔찍하다'라고 표현하고요. '수치와 모욕의 시간'은 비단 미연뿐만이 아니라 저도, 다른 사람들도, 물론 작가님도 통과했겠죠. 흔히 비가 온 뒤에 땅이 굳는다고 하는 것처럼, 우리의 삶에 '수치와 모욕의 시간'은 정말 필수여야 할까요? 그 시간이 있

정선임 코멘터리

어야만 성장할 수 있는 걸까요?

정〉 겪지 않을 수 있다면 너무도 좋겠죠. 그런데 수치와 모욕의 시간을 통과하지 않고 지금 이 시간에 당도해 있는 나를 떠올리면 좀 끔찍해집니다. 알지 못함의 상태, 순진무구함이 폭력적으로 느껴질 때가 있잖아요. 미연은 유나만은 그런 시간을 겪지 않고 아무것도 모르길 바라죠. 부모라면 다 그렇지 않을까요? 저도 조카가 어릴 때 열등감이나 모멸감 같은 감정들을 모르고 자랐으면 좋겠다고 생각했거든요. 고통의 시간을 지나면 사람의 마음이 부서지잖아요. 비가 온 뒤 땅이 굳는다는 말씀을 해주셨는데, 마음의 부서진 틈 때문에 어둠이 깊어질 수도 있지만 사이사이로 깊숙한 곳까지 빛도 들어오고, 비에 촉촉이 젖고, 어디선가 날아온 씨앗도 들어와 자리 잡을 수 있어 그 사람의 세계가 한층 넓어지는 것 같아요. 다시 겪긴 끔찍하지만 필요한 시간이라고 생각해요.

김〉 미연이 승재의 장례식에 가게 된 진짜 마음은 무엇일까 궁금합니다. 정말 '마침'과 '겸사겸사'였을까. 승재는 미연에게 책을 보내던 사람이잖아요. 작가님도 아시겠지만 자신의 책을 직접 보내는 일에는 큰 의미가 담겨 있는데요, 미연은 승재의 그 마음을 알고 있었다는 생각이 들어요. 승재가 하트 낙서를 한 이유를 알고 있었던 것처럼요. 그런데 왜 미연은 승재가 아닌 곳으로, 승재가 아닌 것들만 선택했을까요. 그걸 우리는 선택이라고 불러야 할지, 인생이라고 해야 할지, 혹은 삶의 비밀이라고 해야 할지 잘 모르겠어요.

정〉 첫 소설집을 작가님께 보냈는데 잘못 배달되어서 마음을 쓰시게 했던 일이 기억나네요. 맞아요. 책을 직접 보내는 일에는 의미가 담겨 있습니다. 미연도 승재의 마음을 알고 있었을 겁니다. 승재도 미연과 다시 만난다기보나는 그 시절의 우리 이야기를 썼다고 보여주고 싶었을지도 모르죠. 소재로 생각하기보다는 그 시간을 기억해주기를 바라는 마음으로 썼을 것 같아요. 그런데 책을 계속 받다보면 쌓여서 읽지 못하는 일도 있잖아요. 답장할 사이 없이 쌓이는 편지나 메시지처럼요. 처음에는 꼼꼼하게 읽어봤지만 그 뒤로는 읽지 않았을 수도 있고요. 미연은 점차 무뎌진 거라고 생각했어요. 그 시절의 미연은 승재를 정말 많이 좋아했을 겁니다. 미연조차도 하루 아침에 변한 자신의 마음에 당황했을 거라고 생각해요. 보기에 좋았던 커플이 헤어졌을 때 사람들은 이유를 묻고 의아해합니다. 헤어진 원인이 누구에게 있었는지 알고 싶어 하죠. 그 이유는 당사자들도 몇 번씩 복기해봐도 모를 수 있어요. 머리로 생각해서 이성적으로 결정하기보다는 본능적인 선택 같기도 해요. 더 이상 이 사람과는 함께일 수 없다는 예감 같은 것. 미연은 시간을 되돌린다 해도 같은 선택을 하지 않을까요. 타인과의 관계를 사랑이나 우정만으로 정의할 수 없다고 생각해요. 미연과 승재는 둘만이 서로를 기억해줄 수 있는 시간을 공유한 사이잖아요. '마침'과 '겸사겸사'로 미연은 아무것도 아니라고 여기고 싶지만, 아무것도 아닌 게 아닌 거죠.

김〉 저는 소설을 쓰다보면 인물들의 연령이 자꾸 제 실제 나이와 비슷하게 설정되곤 합니다. 특히 십 대나 이십 대를 그리는 것을 아주 많이 두려워하는데요, 나와 너무 멀리에 있는 세대여서 잘 모른다는 핑계로 그 세대를 공부하는 것에 게을러졌죠. 그러다보니 점점 더 겁이 나서 피하게 되더라고요. 그런데 「해변의 오리배」는 십 대들의 감각과 행동, 심리에 대해서 아주 섬세하게 잘 다루어져서 작가님의 능력(!)에 놀라고 부럽기도 했습니다. 어떻게 십 대의 마음을 잘 살피게 되었는지 궁금하고요, 나와 다른 세대를 그리게 될 때의 작가님만의 방식이나 철칙, 혹은 노하우가 있다면 무엇인지, 힌트 좀 주세요. (훔치고 싶습니다!)

정〉그렇게 읽으셨다면 너무너무 다행입니다. 저는 어른도 아니고 아이도 아닌 유나가 통과하고 있는 그 시절을 좋아하는 것 같습니다. 요즘 하는 일 때문에 십 대들을 자주 만나요. 거의 매일 보죠. 어른의 시선으로 본 십 대의 청소년이란 귀엽고 사랑스럽지만 불가사의한 존재 같아요. 한없이 어린 것 같다가도 어떤 어른보다도 생각이 깊을 때가 있고요.

제가 십 대였을 때와는 매우 다르지만, 어떤 것들은 깜짝 놀랄 만큼 닮아 있더라고요. 훔치고 싶다는 말을 들으니 너무 큰 영광이지만 별것 없습니다. 저는 저와 다른 세대를 그릴 때 그 시절의 나를 떠올리거나 미래의 나를 상상합니다. 그래서 제 인물들은 저와 어느 정도 닮아 있고 또 비슷비슷한 것 같아서 고민입니다. 작가님이야말로 정말 다양한 캐릭터의 인물들을 만들어내시잖아요. 다음에 만나게 되면 그 비법을 듣고 싶습니다.

이주혜의 질문

　이주혜(이하 이)〉 저는 이 이야기 역시 삼각관계로 읽었습니다. 고등학교 시절 삼각관계는 미연과 승재와 주희가 이루는 것처럼 보이지만, 그보다는 현재 시점에서 미연과 딸 유나와 승재가 이루는 삼각관계가 가장 도드라져 보였달까요? 유나와 승재는 만난 적도 없는 사이지만, 이상하게 그렇게 보였습니다. 미연은 장례식장과 콘서트장으로 대변되는 공간 사이에서 유나와 승재 사이를 오갑니다. 승재가 미연의 마음을 무시하고 일방적인 감정을 강요하다시피 했듯이 어쩌면 미연도 유나의 마음보다 유나를 향한 자신의 마음이 더 중요한 사람일지도 모르겠습니다. 가장 모르겠는 것은 유나의 마음인데요, 저는 유나가 미연만 남겨놓고 인천 곳곳을 헤매는 동안에도 카드 사용 내역으로 자신의 위치를 계속 알리는 장면들에서 미연을 향한 유나의 마음을 아주 일부분 짐작해보기도 했습니다. 미연과 유나와 승재 사이 삼각관계를 일부러 설정하신 걸까요? 그렇다면 이 관계는 어떤 변화를 거치게 될까요?

　정〉 작가님들의 질문을 받고 나서야 삼각관계라는 사

실을 인지했네요. 그래서 처음부터 다시 제 소설을 읽어 봤어요. 유나는 아마도 불안하지 않을까 생각했어요. 이혼에 이르지는 않았어도 엄마가 아빠를 온전히 받아주지 않는다는 불편함에서 불안감을 느끼고 있을 거예요. 책을 보내는 승재라는 인물에게 엄마를 뺏기지는 않을까 하는. 승재의 소설을 읽었을 수도 있고요. 유나는 아빠가 한 일을 옹호한다기보다는 어떤 일을 겪더라도 그 사람의 편이 되어주는 것이 진정한 사랑이라고 생각하는 점이 미연과 다르죠. 그래서 아빠의 잘못을 알면서도 엄마가 너무하다고 생각하고 있어요.

저는 사춘기 때 방문을 꼭 잠그고 틀어박혔지만 아무도 찾아주지 않으면 서운했거든요. 유나도 그런 마음이 아닐까 싶었어요. 나는 여기에 있어,라고 엄마에게 알려주는 거죠. 이제 막 첫사랑을 시작한 유나가 지금은 함께 오리배를 탄 친구를 좋아하지만 결국 나중에는 미연에게 돌아가지 않을까요. 아빠보다는 엄마를 더 이해하는 순간도 오고요. 미연은 유나의 첫사랑 상대가 누구인지 확인하지 않고 뒤돌아섭니다. 미연은 자신이 통제해도 유나가 아무것도 모르는 것을 인정하게 되는 순간이라고 생각했어요. 이제 미연은 유나가 그 시간을 통과하고 자신의 곁으로 돌아오길 바라면서 기다릴 겁니다. 유나가 부르면 언제든 달려갈 준비를 하고요.

이〉 가장 이해가 안 되는 것처럼 보이면서 어쩐지 짠한 사람이 주희였어요. 주희는 고등학교 시절부터 미연과 승재를 지켜본 '시선'인데요, 이 시선에도 사실 자신만의 마음이 있었을지 모른다는 생각이 들자 주희의 복잡했을 마음이 그려졌습니다. 작가님은 주희를 어떤 마음으로 만드셨을까요? 작가님 마음속에서 솔직하게 행동하고 말하는 주희의 진심이 궁금합니다.

정〉 네, 맞아요. 주희는 어딘가 짠하죠. "부러워?"라는 질문 때문에 주희를 얄밉게 보는 의견도 있었지만 주희는 그 질문을 자신에게 했을 수도 있어요. 주희는 변하지 않고 그대로 있는 사람입니다. 셋이어야 완벽한 관계가 있잖아요. 저는 저보다 둘이 더 친한 것 같으면 슬슬 물러나는 편이기는 한데요, 주희는 셋의 관계를 소중히 여겼어요. 승재를 이성적으로 좋아하지 않아도 승재와 미연의 관계에 대한 부러움도 있었겠지요. 어릴 때부터 같은 동네에서 함께 자라 형제 같은 정도 있을 거고요. 주희는 승재의 소설을 그리 좋아하지는 않았을 거라는 상상도 해봤어요. 주희 입장에서는 셋으로 이루어진 공동체가 미연의 행동으로 깨졌습니다. 미연과 승재가 사귀었다고 해도 셋이 계속 친하지는 못했을 테지만요. 주희는 목격자입니다. 미연도, 승재도 서로에 대한 마음을 주희한테는 고백하고 상담도 했을 것 같고요. 그 과정을 지켜본 입장에서 주희는 미연을 믿지 못할 사람이라고 생각했을 수도 있고 승재에게는 서운함도 있지 않았을까요. 미연이 일기장에 적었던 사랑에 대한 문장을 주희는 알고 있었을 거예요. 미연이 지키지 못하고 떠난 것을 주희는 지키고 있으니, 미연이 자신을 부러워하길 바라는 마음이 있을 거라고 생각했고요. 떠난 사람인 미연에 대한 부러움도 주희 마음 한편에는 있지 않을까요. 그런데 질문에 대한 답을 드리다가 떠올랐는데, 언젠가 주희 시점에서 전개되는 소설을 써봐야겠습니다.

이〉 미연의 핸드백 안에서 맘대로 빛을 뿜어내는 응원봉이 저는 참 좋더라고요. "응원하다 지쳐버렸지만 여전히 믿고 싶어 하는 마음이 혼재되어 패악을 부리듯 발광하는"이라는 표현도 참 좋았고요. 때론 그런 패악이 필요할 때가 있잖아요? 우리가 지난겨울 통과해온 지상의 무수한 응원봉들처럼요. 작가님의 지난겨울 응원봉은 어떻게 패악을 부리고 발광했는지 궁금합니다.

정〉 처음에는 좋아하는 마음이 부끄러워지는 일에 대해 쓰고 싶었던 것 같습니다. 그런데 부끄러워졌다고 해서 사랑하지 않는다면 그건 사랑일까?라는 질문으로 이어졌어요. 지난해 봄 저는 처음으로 응원봉을 사서 옷장 안에 숨겨놓았습니다. 나이와 어울리지 않는다는 생각에 좋아하는 마음을 감추고 싶었어요. 그렇게 그 일이 있기 전 초고를 완성했있는데 응원봉의 의미가 달라져버렸죠. 콘서트장이 아니라 광장에서 응원봉을 처음으로 개봉했습니다. 하지만 제 응원봉은 있는 힘껏 패악을 부리고 발광하지 못했어요. 몇 번 빛나지 못하고 옷장 안에 들어가 있습니다. 지난겨울은 개인적인 일들로 자주 발을 동동거리면서 지냈고 봄에는 새로운 일에 적응하느라 급급했어요. 사실 핑계죠. 생업이나 개인적인 일상을 뒤로하고 광장을 지켜준 분들에게 내내 빚진 마음으로 지냈습니다. 우리 모두 목도했고 너무나도 자명한 일인데 이렇게 시간이 오래 걸릴 일인가, 저렇게 추위에 사람들을 생고 생시킬 일인가, 분노하면서요. 꺼질 줄 모르고 지치지도 않는 응원봉을 바라보고 부끄러워하며 인간의 믿음과 용기에 대해 생각하며 지난겨울을 보냈습니다. 언젠가 작가님 말씀대로 셋이 함께 왕과 왕비의 무덤들 사이를 거닐며 지난겨울과 기억에 대한 이야기를 더 나눌 수 있다면 좋겠습니다.

이〉 소설 전체에 걸쳐 흐르는 테마가 '잊는다는 것'이라고 생각했어요. 소설 곳곳에 '잊은 사람'이 있고 '잊지 못한 사람'이 있으며 '잊고 싶은 사람'과 '잊으면 안 되는 사람'도 있더라고요. 한때 바다와 백사장이었고 유원지였던 곳이 중고차 판매장이 되어버린 것처럼 모든 건 변하기 마련인데, 그 변화를 거스르려는 안간힘이 '기억'이라는 생각이 들었어요. 작가님이 그간 발표한 소설들을 보면 이 '기억'이 중요한 장치로 작용하기도 하고요. 작가님에게 기억이란 무엇일까요? 많이 무거운 질문을 드려서 죄송한 마음입니다만, 기억을 잊거나 잊지 않으려는 노력은 인간의 힘으로 가능할까요?

  정 〉 질문을 받고 놀랐어요. 실은 요즘 기억에 대해 생각을 예전보다 더 많이 합니다. 예전에는 기억을 잊기는 쉽기에 잊지 않는 것은 선택이나 결심의 문제라고 생각했거든요. 기억하려고 해도 잊을 때가 많잖아요. 최근 외할머니가 점차 기억을 하나씩 잃기도 하고 엉뚱하게 기억하세요. 그래서 되도록 같이 많은 시간을 보내려고 합니다. 할머니가 저를 기억하지 못하는 순간이 오면 서운할 것 같아요. 좋은 기억들은 다 잊고 나쁜 기억만 간직하실까봐 두렵기도 하고요.

  오카 마리의 『기억 · 서사』(김병구 옮김, 교유서가, 2024)라는 책을 읽다 발견한 문장인데요, "'기억'이란 때때로 나에게는 통제 불가능한 것으로 내 의사와는 상관없이 나의 신체에 습격해오는 것이기도 하다는 사실이다." 기억이 사랑보다 더 슬프다는 노래 가사도 생각나고요. 가끔 기억이 사랑인 건지 사랑이 기억인지 헷갈리기도 하고, 공유한 기억을 잊어버린 듯한 사람에게 배신감을 느끼기도 하잖아요. 언젠가 얽힘 2기 모임 마치고 합정역까지 가면서 작가님과 나누었던 이야기가 오래 남아 있어요. 늦은 데뷔였던 만큼 오래오래 쓰고 싶다고 하셨지요. 속도나 양이 중요한 게 아니라 오래오래. 저도 많이 공감했어요. 오래오래 쓰고 싶어요. 그런데 기억이 희미해지기 전에 빨리 써야지,라는 마음으로 조급해지기도 합니다. 하지만 정말 중요한 기억은 당장 떠오르지 않아도 신체 반응으로 나타날 정도로 각인되는 것 같습니다. 그러니까 할머니가 저를 기억 못 해도 저는 할머니 안에 영원히 남아 있겠죠. 소중한 것들을 잊지 않기 위해서라도 천천히, 오래오래 우리 같이 써요.

김이설 코멘터리
「최선의 합주」에 대하여

이주혜의 질문

이주혜(이하 이) 〉 '나'와 오빠와 경은 언니의 삼각관계가 흥미롭게 다가왔습니다. 저는 개인적으로는 삼각관계에 연루되는 것을 몹시 힘들어하지만 소설 안에 등장하는 삼각관계는 인물 사이 관계의 변화와 애정의 이합집산 같은 것을 흥미롭게 보여주는 장치라고 생각합니다. 소설 안에서 오빠와 경은 언니를 맺어준 사람은 다름 아닌 '나'였으면서, 막상 두 사람이 결혼하고 가족이 되자 몹시 당황하고 소외감까지 느끼잖아요. 아마 '나'가 원한 건 세 사람이 함께하는 가족의 형태였겠지만, 이들이 처한 여러 가지 복잡한 상황에서 그 바람은 참으로 요원해 보입니다. 세 사람이 이루는 삼각관계를 설정하면서 작가님은 어떤 마음을 품고 시작하셨을지 궁금합니다.

김이설(이하 김) 〉 맞아요. 실제 생활에서는 삼각관계 근처에도 안 가는 게 좋죠. 사실 저의 실제 성격은 갈등 자체를 좋아하지 않습니다. 갈등이 벌어질 일 자체를 만들지도 않고, 갈등을 겪게 되었다면 어떻게든 빨리, 원만하고 온화하게 해결하길 바라는 사람이에요. 대체로 잘 참고, 지는 것에 그리 연연해하지 않는 사람이기도 해서 주로 제가 서둘러 물러납니다. 빨리 인정하고 빨리 사과하고 빨리 사라집니다. 하지만 소설 속 인물을 저처럼 만들 수는 없더라고요.

소설 속에서 벌어지는 삼각관계는 첨예한 갈등을 부각하는 흔하고 쉬운 요소일 수 있어요. 그런데 꼭짓점 세 개가 각각의 방향으로 뻗어나가는 1:1:1의 갈등이 되면 긴장감은 상승하지만 1:2의 구도가 되면 기울기가 달라지면서 독자는 혼자가 된 인물에게 감정을 쏟더라고요. 긴장감의 상승보다는 감정의 깊이에 대해서 표현하고 싶을 때 하나와 둘로 편을 가릅니다. 다분히 의도적으로 말이죠.

독자들은 혼자가 된 인물을 간과하지 않습니다. 혼자

가 된 그 인물에게 말을 걸고 싶어 하고, 한 번 더 쳐다보게 되고, 한 번 더 생각해주게 됩니다. 아마 제가 '나'를 혼자 두고, 오빠와 경은 언니를 한편으로 설정한 데에는 그런 의도가 담겼을 겁니다. 1:2라는 힘의 구도를 불편해하기를 바라는 마음. 1:2여서 공정하지 않고 비겁한 구도라고 여기게 하고 싶은 마음. 혹은 1이어서 더 외롭고 더 슬프게 느껴지게끔 하는 의도로 말이죠.

이〉 소설 속 인물들은 음식으로 애정을 표현합니다. 오빠가 '나'에게 처음 건넨 음식은 스펀지 컵케이크이고 경은 언니도 '나'와 오빠의 집에 드나들 때마다 다양한 컵케이크를 사와 나눠 먹습니다. 그런데 '나'와 경은 언니가 오빠에게 건네는 음식이 점점 달라지면서 오빠는 두 사람 사이에서 한 사람을 선택해야 하는 것처럼 두 음식 중 하나를 선택해야 합니다. 마지막 장면에서 아무도 먹지 않은 채 남겨진 컵케이크는 '나'의 외로움을 보여주는 것 같아 참 마음이 아팠습니다. 작가님은 평소 소설에서 음식을 어떻게 다루는 편이신가요? 흔히 작가들 사이에서 농담하듯 인물을 잘 '먹이는' 편인가요?

김〉네! 저는 소설을 쓸 때 먹는 장면, 즉 '먹이는' 장면은 꼭 넣습니다. 먹는 행위가 의미하는 생물학적 의미도 의미인 데다, 제 소설 속 인물들은 주로 '먹고사는 일'에 고단한 경우가 많고, 그런 인물일수록 먹는 것에 소홀하기 쉬운 인물들이 될 가능성이 크기 때문이죠. 그래서 의도적으로 먹는 장면을 만들어 넣는 편이에요. 예를 들면 인물에게 큰 시련이 닥치기 전에 '먹인다'든지, 혹은 힘든 일을 다 겪고 난 뒤에도 주로 '먹입니다'.

시련을 앞둔 인물에게는, 네가 곧 엄청난 역경을 겪을 건데 그 전에 좀 먹어둬, 앞으로의 시간이 녹록지 않을 거야, 라는 안타까운 마음으로 먹는 장면을 만들어요. 큰일을 겪고 난 인물에게는 고생했다, 애썼다, 투덕투덕 어깨를 두드려주듯이 이제 마음 편히 한술 뜨시오, 라는 마음으로 상을 차립니다. 제가 인물들에게 차려주는 밥상이 어봤자 짜장면, 라면, 떡볶이처럼 참 특별할 거 없는 음식들이 대부분이었어요. 그러고 보니 공들여 준비했으나 맛없는 잡채라든지, 간이 안 맞는 갈비를 차렸던 적도 있었네요.

이번 소설에서는 제육볶음과 쌈채소를 차렸고, 갖가지

전에 소맥을 마시는 장면을 넣었습니다. 어서 먹어둬, 앞으로 고단한 일이 생길 거야, 버전이었죠. 제육볶음을 먹으면서 오빠는 집을 나가겠다는 선언을 하고, 전과 소맥을 먹을 때는 이제 오빠와 경은 언니는 한편이고 '나'는 혼자라는 걸 절감하게 하는 장면이기도 합니다. 이제 앞으로 더 큰 일이 남았으니 그거라도 먹고 힘내! 그런 마음이었던 것 같아요.

때론 먹을 때 느끼는 서러움, 억울함, 슬픔과 미움이 평상시보다 더 배가되는 것도 염두에 두는데요, 기분 좋을 때 먹는 음식은 맛이 없어도 맛있게 느껴지잖아요. 하지만 그 반대일 경우에는 먹는 게 곤욕이 되곤 하죠. 늘 함께 밥을 먹는 식구와 상 앞에서의 공기가 달라지면 그 어느 때보다 낯설고 어색하고 기이하면서도 얼른 벗어나고픈 지옥의 순간이 되는 것처럼 말이죠. 먹는 것 앞이어서 더 치사하게 느껴졌던 순간들, 먹는 것 앞에서 겪어야 해서 더 억울하고, 먹을 때 듣게 되어서 더 서글프고, 먹을 때 그 꼴을 당해서 평생 잊을 수가 없게 되는 그런 생의 자국 같은 것들. 그런 것들을 꼭 소설에 심어놓고 싶어져요. 그런 등등의 이유로 제가 소설에 '먹이는' 장면을 넣어왔네요.

이〉 '나'가 경은 언니에게 "우리 오빠 버리면 안 돼"라고 말하는 장면에서 저는 '나'가 오빠와 경은 언니에게 '날 버리지 마'라고 당부하는 것만 같아 무척 마음이 아팠습니다. 버림받는다는 것, 또 누군가를 버린다는 것만큼 무거운 말이 또 있을까요? 경은 언니는 '나'를 버리고 오빠를 선택한 것으로 보이는데, 오빠는 어떤 마음일까요? 어린 시절 처음 만난 후로 매번 집을 떠났다가 다시 돌아오곤 했던 오빠가 '나'에게 돌아올 가능성이 있을까요? 오빠의 마음이 궁금합니다. 더불어 오빠는 왜 친엄마가 있음에도 불구하고 늘 '나'와 의붓엄마의 집으로 돌아왔던 걸까요?

김〉 집을 나갔던 오빠가 다시 집으로 돌아오는 이유는 전적으로 '나'에게 있다고 '나'는 생각합니다. 그게 사실일 수도 있고, 아닐 수도 있죠. '나'는 오빠의 진심을 알 도리가 없으니까요. 소설을 쓸 때는 '나'가 오빠에게 갖는 감정처럼 오빠도 '나'에게 같은 감정이었을 거라고 상정하고 썼는데요, 소설을 완성하고 퇴고하는 과정에서는, 어쩌면 오빠가 '나'에 대한 부채감이 있었겠다는 생각도 들었습니다. 오빠 입장에서는 자기를 바라보는 '나'의 눈빛을 몰랐을 리가 없었을 테니까요. 하지만 오빠에게는 경은 언니라는 '나'와는 다른 존재가 생겼으니, 당연히 '나'를 떠날 수밖에 없을 겁니다. 혹은 경은 언니가 등장함으로써 '나'는 그저 동생으로서의 의미가 굳어졌겠죠. 그러니 동생을 떠날 수밖에 없을 겁니다. 그래야만 하고요. 오빠는 경은 언니와 '나', 두 사람 모두의 곁에 있을 수는 없으니까요.

오빠는 친엄마가 있는데도 왜 '나'가 있는 집으로 돌아왔나, 그거야 '나'를 좋아하기 때문입니다. 어떤 진실은 너무 당연하고 단순한 이치인데, 그래서 그것이 차마 답일 거라고 생각을 못 할 때가 있어요. 아마 이 소설에서는 오빠의 마음이 아마 그런 것이지 않았나 싶어요. 너무 당연하고 단순한 이치. 사람은 보고 싶은 사람이 있는 곳으로 가게 되어 있습니다. 적어도 오빠는 그런 사람이었던 겁니다. 경은 언니를 만나기 전까지는.

이〉 사소한 질문입니다만, '나'가 각종 공공기관과 복

지단체에서 무료로 여러 강의를 듣는 설정이 무척 흥미로웠습니다. 이렇게 무료로 뭔가를 계속 배우며 사는 삶도 괜찮겠다 하는 생각도 들었고요. 작가님도 순전히 배우기 위해 뭔가를 배워본 일이 있을까요? 참고로 저는 첫아이를 임신했을 때 가만히 앉아 있기 뭐해서 퀼트공예를 배우러 갔다가 첫날 때려치운 적이 있고요, 몇 년 전에는 프랑스 자수를 배우러 갔다가 재료만 수십만 원어치 사들인 후 어깨 통증과 노안을 핑계로 시작조차 하지 않은 일도 있습니다.

김 〉 배우기 위한 무언가를 배워본 적이 있는가. 저는 몇 해 전에 해금을 배워본 적이 있습니다. 원체 해금의 소리를 좋아했고, 때마침 동네에 해금 교습소가 생겨서 주저 없이 등록하고 일 년 정도 다녔어요. 그 전에는 민화를 배웠던 적도 있고요. 수채화 클래스에 다니기도 했습니다. 코바늘뜨기는 독학으로 몇 년, 독서미술 자격증을 따기 위해 공부를 하러 다닌 적도 있네요. 독서미술은 아이들과 미술 놀이를 하기 위해서였고, 코바늘뜨기는 소설 때문에 시작했던 거니까 배우기 위한 배움은 아니겠네요. 아무튼.

해금과 민화, 수채화는 정말 배우기 위해서 배운 것들이네요. 그걸 배우게 된 계기가 조금 특이한데요, 어느 날 생각해보니 제가 할 줄 아는 게 소설 쓰기밖에 없더라고요. 좋아하는 것도 소설 쓰는 것, 어떻게든 결과물을 내고 있는 것도 소설 쓰는 것, 그나마 잘할 수 있는 것도 소설 쓰는 것밖에는 없다는 걸 깨달았어요. 그게 좋으면서도 살짝 서글퍼졌습니다. 혹여 내가 소설을 못 쓰는 상태가 되면 어떡하나, 내 소설을 읽기를 원하는 사람이 없어지면 어떡하나 하는 생각이 들자 덜컥 겁이 나더라고요. 할 줄 아는 게 아무것도 없는 거예요, 소설 쓰는 것밖에는. 그래서 작정을 하고 두리번거렸거든요. 뭐든 배워보자, 뭐라도 끈을 만들어놓자고 말이죠. 그래서 해금과 민화를 배우러 다니고 다시 수채화를 그렸는데요, 결론적으로 말하면 모두 그만뒀어요. 소설 쓰는 것보다 재미도 없고, 즐겁지도 않고, 잘하지도 못하고, 행복하지도 않아서. 이 질문을 받고 배우기 위해 배울 수 있다면 무얼 배우고 싶은가를 다시 고민해봤는데요, 문득 탱고라든지 가드닝, 수영을 배우고 싶다는 생각이 드네요. 그 전에 일단 마감부터 다 끝내고요.

정선임의 질문

정선임(이하 정)〉 저는 우리 중 누군가는 첫사랑과 이뤄지는, 사랑이 변하지 않고 지속되는 이야기를 써주기를 바랐던 것 같아요. 예상은 했지만 정말 아무도 그렇게 쓰지 않았네요. 그래도 주인공 '나'의 오빠에 대한 마음이 가장 비슷하지 않나 싶어요. 경은 언니를 오빠에게 소개해준 것도 자신이 좋아하는 사람들끼리 만나게 해서 헤어지지 않아도 되는 진짜 가족이 되고 싶었던 게 아닐까 생각했습니다. '나'와 오빠가 새로운 형태의 가족을 꾸렸다고 생각했는데 오빠는 결혼하면서 친엄마에게 돌아가잖아요. 현실적인 결말이라고 생각하면서도 '굳어가는 컵케이크'와 남겨진 '나'가 안쓰럽습니다. 혈연과 제도가 없다면 가족은 유지되기 어려운 것일까요? 더불어 작가님의 소설에서는 가족 안에서의 다양한 여성들의 이야기를 만날 수 있는데요, 오빠와 함께 살 때 '나'의 경우 휴직 중이어서도 그랬겠지만, 가족 내 여성의 고정적인 역할을 수행했다는 생각도 드는데 '나'가 진정 바란 것은 어떤 관계였을까요?

김〉 혈연과 제도가 없다면 가족은 유지되기 어려운가.

그 전에 가족의 개념이 무엇인가에 대해서 고민하게 됩니다. 고전적이고 사전적인 의미로의 가족은 당연히 혈연으로 묶인 관계여야 하는데, 시대와 세대가 변하면서 그 개념이 조금 더 포괄적으로 바뀌는 것 같아요. 남보다 못한 가족이야 너무 흔한 이야기인 데다 가족은 근원적인 상처의 시발점이자 죄책감의 뿌리가 되는 관계가 되기 일쑤죠. 그런 관계는 역설적으로 외면하거나 단절하기가 더 쉬워지게도 되고요. 그런데 요즘은 뭐랄까, 가족은 끈끈해야 하는가, 가족은 하나로 묶여야 하는가, 가족은 가족이어서 다른 의미를 부여해야 하는가,라는 질문을 하게 되는 것 같아요.

이미 세상은 나와 타자의 이분법으로만 나뉘어 있을 뿐, 가족이나 혈연의 가치가 과연 유의미한가,에 대해서 의문을 품게 된 지 오래되었다는 것입니다. 그러므로 가족은 유지되어야 하는가라는 질문에 답은 쉽게 도출되죠. 굳이? 왜?

그리고 개인적인 경험을 빌려 표현하자면 기대하는 관계일수록, 희망을 품었던 사이일수록, 믿었던 대상일수록 실망과 후회와 열패감만 깊어집니다. 애초에 아무것도 바라지 않는 것이 상책인 겁니다. 그러니 '나'의 괴로움은 더 컸을 겁니다. '나'는 그 또래에 비해서, 혹은 그 세대의 기질에 비해 가부장적인 데다 어느 면에서 보면 고리타분하고 구식입니다. 그래서 '나'는 오빠에게 동생이 아니라 엄마가 되길 바랐을 수도 있습니다. 오빠가 엄마에게 받아야 할 사랑이 부족했다고 여겼을 거예요. 그래서 그 역할을 대신하고 싶었을 겁니다. 무의식적으로, 자기도 왜 그러는지 모른 채 말이죠. 그리고 그걸 오빠라고 모르지 않았을 테고요.

정〉 '나'가 경은 언니에게 느끼는 서운함에 공감했어요. 같은 시간을 통과해서 나를 이해해줄 것 같던 사람이 그 시간을 다 잊어버린 것 같을 때 느껴지는 배신감 같은 것이 있잖아요. 저도 누군가에게 그랬을지도 모르죠. 오빠가 같이 있을 때 경은 언니의 행동이나 대사, 관계의 미묘한 뒤틀림을 너무 잘 표현하셔서 실제로 경험하신 감정 같다는 생각을 많이 했거든요. 경은 언니 같은 사람이 작가님에게도 있었을까요?

김〉 있었겠죠? 근 오십 년을 살았으니 그런 인물 닮은 사람 하나 어디 없었겠어요. 또 모르죠, 제가 그런 역할을 했던 사람이었을지도요. 문득 기억나는 사람들이 있네요. 제가 이제껏 살면서 참 미워한 사람이 두 명 있어요. 둘 다 그럴 만한 이유가 있어서 미워하기 시작했는데 시간이 지나니까 그 이유는 기억이 안 나고 미워하는 마음만 딱딱하게 굳어져 있더라고요. 사람의 마음은 시간이 흐르면서 변질되기도 하고 왜곡되기도 하고 또한 희석되기도 하니까 '나'나 경은 언니도 시간이 지나면 그 시간을 다르게 기억할지도 모르겠다는 생각이 들었어요.

정〉 저는 이번 소설을 쓸 때 여러 가지 변화를 겪었습니다. 이미 완성한 경우에는 괜찮지만 쓰고 있는 도중에 일어나는 일들은 소설에 영향을 미쳐서 더 나아가지 못하기도 합니다. 결말을 쓸 때까지 아무 일도 일어나지 않고 안정되기만을 바라다가도 그런 자극과 변화가 쓰고 있던 소설의 비어 있던 부분을 채워준 예도 있어서요. 작가님은 소설을 쓰는 도중에 외부의 사건들에 영향을 받을 때 어떻게 대처하시는지 궁금합니다. 또 최근에 작가님의 소설 속 세계에 영향을 미친 가장 큰 사건은 무엇이었나요?

김〉 소설을 쓸 때 플롯을 꼼꼼하게 설계하고 쓰면 외부의 사건이나 일상의 변화에 소설이 영향을 받지 않게 됩니다. 다만, 플롯이 조금 느슨할 경우에는 외부의 자극이나 복잡한 일상에 소설도 같이 흔들리게 돼요. 그래도 소설을 시작할 때 마지막은 미리 그려놓고 시작하고 진행하는 스타일이어서 그런지 소설의 결말이 바뀌거나 이야기 진행에 큰 변화가 생기는 경우는 드문 편입니다. 물론 저도 쓰던 소설의 비어 있는 부분을 채워주는 경우도 있는데요, 중심 사건이나 인물의 감정선은 아니고, 주로 에피소드나 묘사 부분에 뜻밖의 아이디어를 얻는 정도랄까요?

소설을 설계할 때는 당연히 외부 자극이나 주변의 상황, 일상의 정도가 소설에 많은 영향을 주게 되죠. 최근에 제 소설에 영향을 미친 가장 큰 사건은 친정엄마의 암 발병과 투병 생활, 그리고 엄마의 장례식입니다. 물론 제 근래의 상황이 그동안 제가 써왔던 소설의 결과 완전히 다른 방향을 제시하거나 다른 색감을 유도하는 건 아니지만, 적어도 디테일이나 소설의 배경, 인물들의 직업 설정,

혹은 인물의 세계관이 이전의 제가 써왔던 소설과는 다소 다른 깊이를 지니게 된 것 같아요. 다분히 그렇게 될 테고요. 그러니까 제가 친정엄마의 장례식을 치르면서 제 인생이 조금 더 성숙의 방향으로 나아갔다면 제 소설 속 인물 중 누군가도 그 방향으로 갔을 것이고, 그 가능성이 제 소설이 조금 더 성숙의 방향으로 나아가게 했다고 믿어요.

세상에 공짜는 없고, 무엇을 얻기 위해서는 무언가를 반드시 잃거나 내놓아야만 하죠. 그런 의미에서 일상이 고단하고 힘겨우면 '아, 소설이 얼마나 좋아지려고 이렇게 힘들지?'라는 생각을 하는 습관이 생긴 건 어쩌면 당연한 변화인지도 모르겠네요.

정〉 언젠가 쓰지 못했던 시절이 있었다는 이야기를 들려주신 뒤로 종종 작가님은 그 시절을 어떻게 견디셨을까, 라는 생각을 했습니다. '나'처럼 무언가를 배우셨으려나 하고 짐작해봅니다. 저에게도 코바늘뜨기와 커피, 사진, 스페인어 등등 무엇이든 무작정 배우던 시기가 있었습니다. 되돌아보면 일종의 허기진 상태였던 것 같아요.

소설을 쓰기 시작하면서 그런 욕구가 사그라들었거든요. 그때 배운 것들이 남아 있진 않지만 필요했던 시간이라는 생각이 듭니다. '나'는 어쩌면 이제 막 첫사랑을 보내주고, 그 시절과도 결별하고 온전히 혼자가 된 거라는 생각도 들어요. 그런 '나'가 앞으로 무엇을 하고 누구를 만나며 살아가게 될지 기대가 되는데, 작가님은 '나'가 어떻게 살길 바라세요?

김〉 코바늘뜨기요? 와, 저도 매년 겨울마다 코바늘뜨기를 했던 적이 있어요! 그때의 경험을 단편으로 쓴 적두 있고요. 상상력이 빈약한 저는 제가 겪은 걸 어떻게든 소설에 써보려고 하는 사람이라서 코바늘뜨기하는 인물을 만들었죠. 어쩌면 뜨개질하는 인물을 그리려고 코바늘뜨기를 했던 것인지도 모르겠고요. 요즘은 일의 전후나 인과가 자꾸 헷갈리네요. 오래전의 일도 아닌데 말이죠.

'나'가 그 시절과 결별하고 온전히 혼자가 될 수 있으면 좋을 텐데, 저는 사실 온전히 혼자가 되는 걸 못 받아들일까봐 아직 걱정이 되어요. 그래서 '나'에게 다가올 시간에 대해 생각해볼 여유가 없었네요. 일단, 누군가를 새로 만나고 무언가를 새로 하려면, '나'가 조금 더 아파야 할 것 같아요. 혹은 '나'가 오빠와 경은 언니를 조금 더 곤란하게 한다든가, 그래서 경은 언니가 '나'를 훨씬 더 멀리 밀어버리게 된다든가, 아니면 작정을 하고 오빠가 '나'에게 완벽히 결별 의사를 밝히게 되는. 그러니 이 소설은 어쩌면 이제 시작인 이야기인지도 모르겠어요.

아, 그리고 쓰지 못했던 시절. 한 삼 년 정도였는데요, 한 글자도 읽을 수 없고 쓸 수도 없던 시간이었어요. 언어를 잃어버린 줄 알았고, 그래서 소설 쓰는 사람으로 끝인 줄 알았고, 그래서 어쩌면 내 인생도 끝이어야 하는 것인가 고민하던 시절이었어요. 하지만 이제는 알아요. 가장 끝까지 내려가봐야 더 갈 수 있는 데가 위밖에는 없고, 최악을 겪어봐야 그다음 순서는 나아지는 것밖에는 없다는 걸 말이죠.

그래서 그 시절의 나는 어땠나. 그 시절에 내가 무얼 배웠던가. 사실 생각이 잘 나질 않아요. 아마 기억하고 싶지 않은 시절이어서 저 스스로 저를 보호하려고 기억의 창문을 닫은 것이겠죠. 중요한 건 통과했고, 나는 지금 여기에 있고, 계속 쓰고 있다는 것입니다. 그래서 저는 아무래도 '나'가 조금 더 앓아야 할 것 같아요. 다시 씩씩해지려면 실컷 울기도 하고, 마음껏 미워하기도 하고, 내키는 대로 스스로를 부정도 하면서 살아야 한다고 생각해요. 그래야 새로 만나게 될 누군가도, 새로 겪게 될 어떤 일도 사랑하게 될 테니까요. 제가 그랬듯이 '나'도 많이 아팠으면 좋겠습니다. 제대로 혹독히 앓고 일어나야 다시 씩씩하게 새 아침을 맞이하니까요. 소설 쓰는 김이설이 그 시간을 이겨내 '나'를 만난 것처럼 '나'도 거뜬히 지금을 털어내 새로운 첫사랑을 만날 겁니다. 새로운 처음을 향해 걸어갈 수 있을 겁니다. 그러니 어디선가 마주칠 무수한 '나'에게 기꺼이 반갑게 인사를 건네면 좋겠습니다. 괜찮다는 눈빛을 담아! 이미 잘해왔다는 믿음을 담아!

기획의 말

'너와 나는 실재한다.' — 실재성realism

'너와 나는 멀어지면 독립적이다.' — 국소성localism

이 두 명제를 우리는 너무나 쉽게 당연한 사실로 받아들인다.

하지만 상상해보자.

이 두 명제를 만족하지 않는 어떤 현상이 우리 주변에서 벌어지고 있다고.

우리가 감각하는 것만이 전부가 아니며 그것을 초월하는 무언가가 있다고.

너와 나는 온 우주에 펼쳐진 시간과 공간을 거슬러 연결되어 있으며, 우리는 사실 그런 의미로만 존재하고 있을는지도 모른다고.

　그런 초월적인 상관관계를 '얽힘entanglement'이라고 한다. 그리고 '얽힘'은 상상 속이 아니라 세상에 분명히 존재하고 있다. 이는 양자역학의 가장 중요한 성질이며 우주의 질서를 이루는 근간이다. 실재성과 국소성이 양자역학의 이론에 위배된다는 사실이 처음 예측되었을 때 아인슈타인이 받았던 큰 충격만큼, '얽힘'은 과학사에서도 유명한 논쟁거리이자 가장 위대한 발견이었다. 첫 발견 후 백 년 가까운 시간이 지난 지금, '얽힘'은 실험적으로 그 존재가 증명되었다. 또 이제는 양자컴퓨팅과 양자통신 등의 기술에 활용하는 자원이 되었고, 2022년는 '얽힘' 증명에 대한 공로로 세 명의 물리학자에게 노벨물리학상이 수여되기도 했다.

　물론 이런 과학적 사실을 알게 되었다고 눈앞의 세상이 달라지지는 않는다. 매일 계속되는 각자의 팍팍한 삶도 그대로이다. 하지만 한 가지 확실한 건, 지금 이

책을 읽고 있는 당신은 이미 '얽힘'에 얽혀 있다는 것.

그래서 당신은 아마 안도할지도 모른다는 것.

외딴섬이라고 생각했던 모두가 실은 우주 안에서 하나로 얽혀 있다는 사실에, 그리하여 어쩌면 나와 초월적으로 얽혀 있는 누군가가 어딘가에 반드시 존재한다는 상상으로.

이를테면 내가 하품을 할 때마다 그 사람도 동시에 하품을 하고 있다든지 말이다.

그걸 당신이 알아차릴 일은 영원히 없겠지만.

양자물리학자 X

가능하면 낯선 방향으로

초판 1쇄 발행 2025년 7월 14일

지은이 김이설 이주혜 정선임
편집 김선영
디자인 김하늘
조판 한향림

펴낸곳 다람
펴낸이 박혜진
등록 2012년 6월 29일 제2012-000034호
주소 서울시 광진구 아차산로 378, 3층
전화 02-447-0879
팩스 02-6280-3748
이메일 darambooks@gmail.com
홈페이지 www.darambooks.com
인스타그램 @darambooks

ⓒ 김이설 이주혜 정선임 2025
ISBN 979-11-93946-08-3 03810

* 이 책 내용의 전부 또는 일부를 이용하려면
  반드시 저작권자와 다람의 서면 동의를 받아야 합니다.
* 잘못된 책은 구입하신 서점에서 바꾸어드립니다.
* 책값은 뒤표지에 있습니다.